KB061154

나의 까칠한 백수 할머니

마흔 백수 손자의 97살 할머니 관찰 보고서

나의 까칠한 백수 할머니

이인 에세이

한겨레출판

추천의 글

일흔 살에 가까운 딸과 마흔 살이 내일모레인 손자가 백 살에 가까운 노인을 한 집에서 병간호하고 있는 풍경이란 그 자체만으로도 마음 아프고 눈물 난다. 다가올 우리의 미래와, 또 누군가에겐 이미 지나간 경험이 자연스럽게 공유되기 때문이다. 누군가를 오래 돌본다는 일은 잠이 부족한 일, 눈물에 무덤덤해지는 일이다.

이인의 에세이 《나의 까칠한 백수 할머니》가 내 마음을 어떻게 흔들었는지 묻는다면, 병과 간병과 고독 속에 드러나기 마련인 우리의 나약한 마음을 거짓 없이 묘파했기 때문이라고 말할 것이다. 웃기고, 아프고, 화나고, 부끄럽고, 서러운 마음들. 그 마음들과 함께 누군가의 곁에 있어 주는 일. 이 시대의 돌봄이란 우리의 성장을 묻는 일이자 가족, 가부장제, 개인의 방관, 여성의 삶을 다시 질문에 부치는 일이다. 또한 그것은 고통에도 엄연한 차별이 존재한다는 것을 가르쳐준 팬데믹 시대, 우리 모두에게 필요한 가치이다. 이 책이 더 특별했던 것은 누구에게도 말할 수 없었던 내 마음마저 돌봐주었다는 점이다. 가까운 곳에 누군가 살고 있다는 유대. 이 책이 고맙다. 이기호 (소설가)

●

미워하고 오해하는 데에는 단 한 순간의 계기만이 필요하지만, 이해하고 사랑하는 데에는 끈기와 충분한 시간이 요구된다. 이 이야기는 한 손자의 할머니 간병기이자, 세대가 다르기에 가치관도 다른 여성과 남성의 울 수도 웃을 수도 없는 대치의 기록이며, 한 청년이 함께 사는 사람들의 존재에서 가족의 의미를 다시금 발견해나가는 과정을 담은 서사이다.

저자는 돌봄 노동을 맡은 남성 청년의 입장에서 한 여성 노인의 내밀한 미시사를 톺아가며 당연한 것을 낯설게, 익숙한 깨달음을 새삼스레 곱씹도록 한다. 겸연쩍을 만큼이나 솔직하게 그려낸 삼대의 일상에는 위선도 위악도 없어서 진정이 진정 그대로 윤이 난다. 낙관도 비관도 함부로 하지 않는 긴 지켜봄이 아주 담담한 이해와 사랑에 닿는 것을 발견하는 순간, 이 글을 읽는 지금, 당신이 살아 있다는 평범한 사실이 작은 기적처럼 느껴지게 될 것이다.

박서련 (소설가)

한 사람이 다른 한 사람을 이해하기 위하여

나는 두 여자와 살고 있다.

두 여자의 나이는 적지 않은 편이다. 한 사람은 백 살을 향하고 있고, 또 다른 사람은 일흔 살을 앞두고 있다. 우리 세 사람의 나이를 합치면 숫자로 210에 가깝다. 나는 가장 어리지만, 함께 늙어가는 동반자의 심정으로 두 여인을 바라보고 있다.

같이 사는 한 여자는 피 여사이고, 다른 한 여자는 박 여사이다. 둘을 합치면 피박 여사가 된다. 코로나 시대를 맞아 집에 있는 시간이 대폭 늘어나면서 피박 여사와 함께 보내는 시간도 덩달아 늘어났다.

코로나19는 우리 세 사람에게도 위기였다. 피 여사는 예전부터 집에서만 시간을 보냈으므로 큰 피해는 없었다. 그래도 자신이 아는 사람들이 코로나에 걸릴까 걱정하고, 그들이 자신에게도 병은 옮길 수 있다는 사실을 염려한다. 노파심은 지칠 줄 모른다.

박 여사는 날마다 여러 모임에 참가하는 외향성 인물이었으므로 코로나 때문에 집에 있는 시간이 늘어나자 우울 증세를 보였다. 한동안 무기력에 빠졌던 박 여사는 트로트 경연 대회에 나온 한 가수에게 푹 빠졌다. 그 가수의 영상을 아침저녁으로 시청하면서 코로나의 우울을 극복하고 있다.

나는 코로나 시대를 맞아 강의가 없어져 멍하니 있었다. 전 세계가 침체되는 상황에서 나 역시 기분이 축 처졌다. 시간이 좀 지나자 새로운 열정이 끓어올랐다. 나는 그동안 시도하지 않은 작업에 도전했고, 열심히 글을 써 내려갔다. 그렇게 이 책이 쓰였다.

이 책은 백수(白手) 손자가 백수(白壽)를 앞둔 노인과 부대끼면서 겪은 일들을 담아낸 일화집이다. 피 여사와 옥신각신하기도 했지만, 그 과정에서 여러 가지를 배웠다. 우리 모두 저마다 복잡하면서도 미묘한 사정이 있듯 피 여사 역시 아픔이 많은 사람이다. 피 여사는 동화 구연 작가처럼 자신이 겪은 일들을 손짓 발짓 하며 나에게 들려주곤 했다. 나는 이야기꾼이 되어서 피 여사가 겪은 파란만장한 인생과 그 인생에 녹아든 20세기 한국 현대사를 사람들과 나누고 싶었다.

피 여사와의 시간은 세대 간의 화합이자 여성과 남성의 소통이기도 했다. 나는 앞 세대의 남성성을 비판하는 동시에 나 자신에게도 매섭게 비판의 칼날을 겨누고자 했다. 이건 나 스스로 당당하게 살려는 안간힘이었다.

마지막으로, 이 책은 한 가정의 치부가 담긴 고백록이고, 고령의 노인을 돌보는 간병기이다. 하루하루 아프게 늙어가는 사람들과 타인을 돌보면서 같이 아파하는 사람들, 그리고 마음에 상처가 있는 사람들에게 위로가 되길 바라면서 글을 썼다.

　결국 이 책은 한 사람이 다른 한 사람을 이해하려는 사랑의 기록이라 하겠다.

2021년 7월

이인

(1부) 할머니와 손자

一부 *

할머니와 손자

우리는 모두 늙는다

인생은 힘들다. 살려면 고통이라는 대가를 치러야 한다. 삶이 괴로움으로만 가득한 건 아니지만 그렇다고 삶이 괴롭다는 사실을 부인할 수 없다. 자신이 살아온 나날을 천천히 되짚으면서 찬찬히 어루만질 때, 눈시울이 붉어지지 않기란 어려운 일이다. 나도 그렇다. 당신도 그럴 것이다.

우리들은 이리 치이고 저리 채이면서 삶을 헤쳐나간다. 하루하루 참고 견디다 보면 어느새 세월이 훌쩍 지나가 있다. 인생의 황혼이 찾아왔을 때 그동안의 고생에 대한 보상처럼 마음이 평안하다면 다행일 터다. 여태껏 짊어졌던 짐을 내려놓고 자신이 살아오면서 얻은 지혜를 젊은이들에게 나눠준다면 가슴은 벅차오르고 세상으로부터 박수도 받을 것이다.

그러나 현실에서 안락한 노후를 맞는 사람은 거의 없다. 호강하면서도 존경을 받는 노인이 주변에 있는가? 행복한 노인을 찾기란, 대도시에서 별을 보는 일처럼 어렵다. 서울 밤하늘을 쳐다보면 반짝이는 한두 개의 불빛이 얼핏 보이지만 그마저도 인공위성이나 비행기일 때가 많다. 밤하늘에 별은 사라진 지 한참 됐고, 우리들은 하늘을 보지 않은 지 오래되었다.

반면에 불행한 노인을 찾기란, 대도시에서 미세먼지로 자욱한 하늘을 보는 일처럼 쉽다. 세상에 불행한 노인은 너무나 많고, 주변에 넘쳐난다. 우리는 그들을 외면한다. 그들의 사정을 들여다보면 불편해지기 때문이고, 자신이 어찌할 수 없는 문제이기 때문이기도 하다.

노인을 외면하는 데엔 두려움도 한몫한다. 우리는 모두 알고 있다. 그들의 모습이 곧 우리 미래라는 걸. 우리는 모두 늙는다. 우리는 모두 그들처럼 된다. 노인이 되면 젊어서는 미처 예상하지 못한 고통이 들이닥치는데, 이 고통은 전 세계 공통이다. 외로움, 생계 곤란, 건강 악화, 배우자와의 사별, 자식 문제, 시대 변화 부적응 등등.

피 여사는 이 모든 걸 겪으면서 노후를 맞았다.

주저앉은 피 여사

피 여사는 노인이 되어서 여러 시련을 겪었는데, 아무래도 거동하기 어려워진 점이 가장 큰 일이었다. 2012년 여름, 피 여사는 교회에서 다리에 힘이 없어 잠깐 앉으려다가 그대로 쓰러졌다. 병원에 실려 간 피 여사는 고관절과 허벅지에 철심을 박아 넣는 수술을 받았다. 박 여사와 나는 피 여사의 병실을 번갈아가면서 지켰다.

수술을 받고 얼마 뒤, 내가 병실을 지키고 있었을 때였다. 피 여사는 낮잠을 자고 있었다. 숨소리가 가지런했다. 비가 오는 주말이라 분위기가 스산했고, 병실의 환자들은 다들 커튼을 치고 잠을 청했다. 조용하고 어둑어둑한 병실은 텔레비전마저 꺼져 있었다. 나는 복도에서 병실로 새어 들어오는 빛에 의지해 책을 읽고 있었다.

그러다 갑자기 피 여사가 팔을 공중으로 뻗어 휘저으면서 소리를 질렀다.

"워워어억!"

"왜 그래요?"

"우어워어어억, 워이워이, 가라, 가!"

"왜 그래요?"

어깨를 잡고 흔들어 깨우자 피 여사는 눈을 떴으나 아직 꿈과 현실을 구분하지 못하는지 멍했다. 피 여사의 오른쪽 눈은 늘 그렇듯 감겨 있었다. 피 여사는 입맛을 다시면서 물 좀 달라고 했다. 빨대가 꽂혀 있는 물통을 건넸다. 피 여사는 빨대로 물을 조금 마시더니 다소 안정된 기색이었다.

"왜 그래요? 꿈꿨어요?"

"으응. 어떤 검은 옷 입은 사람들이 찾아왔더라고."

"검은 옷 입은 사람들요?"

"옛날에 동네에서 염병에 걸려 죽은 이웃 같기도 하고. 아무튼 나를 데려가려고 해서 소리를 질렀지."

"저승사자였나 보네요. 피 여사가 호탕하게 잘 내쫓았네요. 봐요. 다 도망갔어요. 무서웠어요?"

"무서웠지. 옷은 검은데 얼굴은 새하얗더라고."

저승사자가 찾아온 꿈은 노인들이 수술을 받고 회복되는 과정에서 흔히 겪는 섬망(譫妄) 같았다. 많은 노인들이 몸과 마음이 약해졌을 때 자신이 갖고 있던 불안과 공포를 생생한 환상으로 보게 된다.

나중에 저승사자가 찾아온 꿈을 피 여사에게 물었는데, 피 여사는 무슨 소리냐는 표정으로 나를 쳐다봤다. 피 여사는 과거의 일화는 날마다 쓸고 닦는 골동품처럼 선명히 떠올렸지만 최근에 겪은 일은 코 풀고 버린 휴지처럼 잊어버렸다. 저승사자가 찾아온 일은 피 여사가 살면서 겪은 수많은 악몽 가운데 하나에 불과했는지 기억하지 못했다.

잠에서 깨어난 피 여사는 자신에게 일어난 사태가 얼마나 억울한지 알리고 싶어 했다. 병원에 실려 오게 된 이야기만이 아니라 자신이 살아오면서 겪은 억울한 과거가 몽땅 소환되었다. 몸이 아파 고통스러운 피 여사는 삭혀지지 않은 지난날의 고통마저 더해 병실에서 슬피 울었다. 그렇게라도 자신의 한을 풀어내려는 듯 최선을 다해 울었다.

보행기를 끌게 되다

　자기 안에 쌓여 있던 울음을 밖으로 빼내 한결 홀가분해진 피 여사는 병원에 대한 불신을 늘어놓았다. 교회 끝나고 잠깐 앉으려고 했는데 털썩 주저앉았다가 병원에 왔으며, 자신은 수술받은 적도 없고, 얘네들이 피 주사를 놓지도 않고는 피 주사를 놓았다고 한다면서 분개했다. 피 주사란, 팔에 꽂아 공급받는 수액과 혈액을 가리키는 피 여사만의 단어였다. 병원에서 외과 치료를 받아 피가 부족한 환자의 팔에 꽂은 뒤 옆에 걸어놓는 혈액 주머니 말이다.

　피 여사가 수술실에 들어갔다 나오고, 수액과 혈액을 팔에 꽂았는데도 피 여사는 그런 적이 없다고 분통을 터뜨렸다. 수술받을 때 전신마취를 하고 의식이 없는 상태에서 수술을 받았기 때문에 기억이 없는 것이다. 피 여사는 기억되지 않는 건 실제로 일어난 일이 아니라고 믿었다.

　한 달이 지나 퇴원하게 되었다. 마지막으로 담당의가 엑스레이 사진을 보여주면서 주의 사항을 설명해주었다. 분명히 허벅지 쪽에 길쭉한 철심이 박혀 있었다. 의사는 대퇴부 쪽이 약간 저릴 수 있다면서 진통제를 먹으라고 얘기했다. 피 여사는 같이 사진을 봐놓고서는 집에 돌아와서는 딴소리를 했다. 의사와 나는 피 여사가 엑스레이 사진을 이해하리라고 간주했지만, 피 여사는 흑백으로 된 엑스레이 사진이 자신의 하체라는 사실을 이해하지 못한 것 같았다. 의사가 다음 환자를 받아야 했기에 상담은 서둘러 끝났고, 피 여사는 어떤 질문도 하지 못한 채 퇴원했다.

집 밖을 나갈 때는 두 발로 걸어 나갔던 피 여사가 휠체어에 몸을 맡긴 채 돌아왔다. 피 여사는 집에 돌아와 수술받은 기억이나 엑스레이 사진을 본 기억을 지우고는 자신의 다리가 왜 이렇게 아프냐고 호소했다. 철심 박은 적이 없다고 우기는 피 여사 모습에 당혹스러우면서도 웃음이 났다. 거동은 불편해졌지만 괄괄한 피 여사의 성격은 그대로였다.

피 여사는 며칠 누워 있다가 슬슬 보행기를 끌었다. 피 여사는 살면서 딱 한 번밖에 독감 예방주사를 맞지 않았다는 사실을 자랑으로 여길 만큼 강골이었다. 예방주사를 한 번 맞은 것도 단체로 놔주는 바람에 할 수 없이 맞을 수밖에 없었다고 했다.

그동안 큰 문제 없이 팔팔하게 걸어 다녔던 것도 대단한 일이었지만, 이 못지않게 다시 보행기를 짚고 움직이는 것도 놀라운 일이었다. 피 여사는 보행기를 끌고 집 안 이곳저곳을 누비기 시작했다. 처음엔 어색해하다가 어느새 보행기를 신체의 일부처럼 이용했다.

　박 여사는 내가 피 여사를 잘 돌봐주기를 바랐다. 나에게 피
여사를 맡기고는 낮에는 출근했다가 저녁과 주말이면 모임이
나 교회 활동에 참가했다. 박 여사는 아침을 먹지 않고 출근했
다가 약속이 있으면 저녁을 먹고 들어왔다. 그렇게 피 여사와
나는 하루 종일 함께 지내게 되었다.

그 나이에 틀니가 가당키나 하나

젊은 날에 밖으로만 돌아다녔던 나는 피 여사를 거의 신경 쓰지 않았다. 젊은 사람들이 흔히 그러하듯 나이 든 사람에게 별 관심이 없었다. 그 사람이 친족이라도 말이다. 다치기 전까지는 피 여사 역시 날마다 돌아다녔기 때문에 같은 집에 있어도 함께 보내는 시간이 그리 많지 않았다.

피 여사의 거동이 불편해서 도움이 필요해지자 피 여사와 나의 관계는 조금씩 달라졌다. 처음엔 한국 사회에 깔려 있는 문화 규범대로 웃어른 모시는 자세를 갖추려고 했다. 약간 어려워하면서도 어느 정도 거리를 두는 몸가짐으로 피 여사를 대했다. 마치 그래야 예의고 공경이라고 누가 주입시킨 것처럼 굴었지만 알고 보면 황량하기 짝이 없는 관계 방식이었다.

그런데 피 여사와 보내는 시간이 길어질수록 틀에 박힌 예의는 무너져 내렸다. 아옹다옹 부딪치면서도 나름 화기애애하게 지냈다. 피 여사는 격의 없이 대해주는 걸 편안해했다. 나는 할머니라고 부르지 않고 피 여사라고 불렀다. 처음엔 뜨악한 표정으로 나를 바라보던 피 여사는 어느새 "피 여사"라고 부르면 "왜?"라고 답했다. 나는 어머니도 "박 여사"라고 불렀다. 함께 사는 두 사람을 그저 가족이 아닌 한 인간이자 여자 사람으로 대하고 싶었다.

박 여사가 아침 일찍 나가면 피 여사와 하루를 같이 보냈다. 밥을 하루 세끼 날마다 같이 먹으면서 나는 피 여사를 관찰했다. 피 여사는 당뇨 때문에 이가 다 상했다. 반쪽만 남은 치아들이 잇몸에 간신히 붙어 있었다. 피 여사는 단단한 걸 먹을 수 없었다. 어떤 날은 식사하다가 빠진 이 조각을 나에게 건네 보이기도 했다.

틀니나 임플란트를 할 수도 있었을 텐데, 피 여사가 얼마나 살지 알 수 없는 상황에서 박 여사와 나는 선뜻 목돈을 들이지 않았다. 피 여사 역시 자신이 산다면 얼마나 사냐며 손사래 쳤다. 그러나 강한 부정은 오히려 긍정일 수 있듯, 피 여사는 원치 않는다고 강변했어도 속으론 음식 씹는 즐거움을 다시 느끼고 싶어 했다. 어떤 노인이 음식을 맛있게 먹는 장면이 텔레비전에서 나오면 피 여사는 부러운 눈으로 바라봤고, 치아가 없는 노인이 나오면 "합죽이"라고 비하하면서도 동질감 어린 표정을 지었다.

누군가 틀니를 했다는 소식이 들리면 그 나이에 틀니가 가당키나 하냐면서 틀니 한 노인을 핀잔했다. 피 여사는 텔레비전에서 머리를 까맣게 염색한 노인이 나와도 비난했다. 자기처럼 머리가 하얘지면 그냥 하얗게 놔둬야 한다는 것이었다.

나는 과민 반응을 하는 피 여사가 흥미로웠다. 떠보듯이 "틀니 하고 싶어요?" "염색하고 싶어요?"라고 물으면 피 여사는 한결같이 "그런 거 필요 없다"라고 단언했다. 옆집엔 보일러가 들어와 좋다고 하지만, 나는 그런 거 조금도 필요 없다고 자식에게 외치는 시골 노인 같았다.

거울 앞에서 빗질하는 노인

피 여사의 주요 일과는 식사와 텔레비전 시청이었다. 그 주요 일과에 내가 동참했다. 나는 텔레비전보다는 텔레비전을 보는 피 여사를 시청했다.

피 여사는 텔레비전에 노인이 나오면 자신보다 나이가 많은지 적은지 알고 싶어 했다. 아이들은 또래 아이들에게 흥미를 갖고, 젊은이들의 눈엔 인파 속에서도 또 다른 젊은이가 들어온다. 마찬가지로 피 여사는 노인들에게 관심이 많았다. 피 여사는 고령의 노인이 텔레비전에 나오면 부쩍 더 집중해서 봤다. 백 세가 넘은 노인들이 출연하면 자신도 백 세까지는 살아야겠다는 욕구를 느끼는 것 같았다. 백 세에 근접한 사람이 텔레비전에 나올 때 "언니네요. 가서 언니라고 해요"라고 나는 너스레를 떨었다. 그러면 피 여사는 "나이가 많다고 다 언니냐?" 하고 떨떠름하게 대꾸했다.

피 여사는 밥 먹은 뒤 앉아서 텔레비전을 보다가 화장실에 볼일 보러 간 김에 이를 닦았다. 왔다 갔다 움직이는 걸 귀찮아했다. 밥 먹은 다음에 화장실에 안 가고 낮잠이라도 자면 양치질을 건너뛰기도 했다. 나는 누우려던 피 여사를 일으켜 세우면서 화장실로 이끌곤 했다. 그럴 때마다 피 여사는 성가셔하며 성냈다.

"다 망가진 이빨 닦아서 뭐 해?"

"안 닦으면 남은 이빨도 다 망가지니까 그렇죠. 어서 닦아요."

"아이, 귀찮아."

"귀찮아도 움직여야 해요. 누워 있으려고 하지 말고 화장실에 가서 얼른 이 닦아요."

"아이, 왜 이렇게 귀찮게 구냐. 으이구, 모든 게 귀찮아."

구시렁거리면서 피 여사는 보행기를 끌고 화장실로 갔다. 화장실에 가기 위해 몸을 일으키는 데 시간이 좀 걸릴 뿐 화장실에 가면 구석구석 꼼꼼하게 이를 닦았다. 그리고 정성을 다해 세수했다.

가끔 열려 있는 화장실 문틈 사이로 머리를 곱게 빗질하면서 거울을 쳐다보고 있는 피 여사가 보였다. 피 여사는 빗을 항상 옆에 끼고 소중하게 대했다. 보행기를 잡고는 거울 앞에서 빗질하는 쭈글쭈글한 노인의 모습에 오묘한 감동이 일었다.

사실 피 여사에게선 냄새가 좀 났다. 거동이 불편한 만큼 자주 씻지 못하면서 가까이 가기 좀 꺼려졌다. 그러나 후각은 쉽게 마비되었다. 나는 어느새 노인내를 느끼지 못하게 되었다.

어쩌면 내 몸에서도 비슷한 냄새가 나고 있기 때문인지도 몰
랐다. 인간이나 물건이나 무언가 한곳에 오래 머물면서 쌓이
는 냄새가. 좀처럼 자신을 돌보지 않는 사람에게서 풍기는 방
치의 냄새가.

혹시나 무슨 일이 발생하지 않을까

모든 걸 귀찮아하면서 가만히 있으려는 피 여사가 무언가를 하도록 나는 자꾸 어떤 행동을 하게끔 만들었다. 군 지휘부는 군인들을 가만히 놔두면 괜히 엉뚱한 생각을 해 사고가 생긴다며 쉬는 날에도 자잘한 임무를 계속 부과한다. 나는 피 여사를 군인처럼 대했다. 아침에 피 여사의 죽을 데우고 반찬을 꺼내어 차려주는 동안 사과와 작은 칼을 건네서 깎아달라고 했다. 피 여사가 깎아주는 사과가 맛있다면서 응석을 부렸다. 피 여사는 귀찮아하면서도 식탁에 앉아 사과를 깎았다.

빨래가 마르면 걷어다가 피 여사에게 가져다줬다. 피 여사는 자신이 이 나이 먹어도 이런 걸 해야 하느냐면서 툴툴댔다. 이건 피 여사가 빨래 개키는 일을 하고 싶지 않아서라기보다는 빨래를 널고 걷어 오는 일을 하지 못하는 자기 육체에 대한 불만이었다. 피 여사는 보행기를 끌고 빨래를 걷어 오다가 넘어질 뻔한 뒤론 빨래를 널거나 걷으러 가지 않았다. 천만다행으로 다치지는 않았다. 피 여사는 또 넘어질까 봐 두려워했다.

한번은 화장실에서 비명이 들렸다. 화장실에 가보니 피 여사가 변기에서 일어나다가 주저앉은 채 보행기를 잡고 위태롭게 기대어 있었다. 조금만 있으면 주저앉아 넘어질 상황이라 나는 피 여사를 바로 붙잡아 일으켜 세웠다. 피 여사는 부축을 받으면서 몸의 균형을 잡았다.

물을 내리지 않아 변기 속에 피 여사의 똥이 있었다. 작지만 단단해 보였다. 변비 때문에 오래 앉아 있다가 일어나려니 다리에 쥐가 난 것 같았다. 피 여사는 남우세스러워하면서 나를 밖으로 내보내고는 서둘러 화장실 문을 닫았다. 그 뒤로 피 여사는 그렇게 좋아하던 곶감을 안 먹으려 했다. 대변이 굳는다는 이유였다. 물론 호랑이보다 무서운 곶감의 유혹을 이겨내기란 쉽지 않은 일이었다.

또 이런 일도 있었다. 피 여사가 부엌으로 가다가 보행기와 함께 옆으로 홀라당 넘어졌다. 그때는 내가 외출했을 때라 피 여사 혼자 집에 있었다. 피 여사는 일어나려고 끙끙댔으나 좀처럼 일어나지 못했다. 거실에 놓여 있는 자신의 침상까지 어찌어찌해서 온 뒤 땀에 흠뻑 젖은 채 누웠다.

외출했다가 귀가한 박 여사는 피 여사가 넘어졌다는 말에 깜짝 놀랐다. 피 여사가 어디 아프다고 하지 않았지만, 모르는 일이었다. 박 여사는 서둘러 피 여사와 병원으로 갔다. 여러 검사를 했지만 큰 이상은 없었다. 피 여사가 넘어질 때 용케도 낙법 하듯 넘어지면서 충격이 덜했으리라고 짐작됐다.

그날 나는 늦게 돌아왔고, 피 여사가 넘어졌다는 소식에 죄책감을 느꼈다. 피 여사를 혼자 오래 둘 수 없었다. 외출할 때마다 마음 한편에선 피 여사에게 혹시나 무슨 일이 발생하지 않았을까 하는 걱정이 늘 도사리게 되었다. 내가 외출해 있는 동안 사고가 나서 피 여사가 쓰러져 있는 장면도 상상되었다. 나는 문을 열고 밖으로 나갈 때마다 꺼림칙했고, 점점 외출을 꺼리게 되었다.

오랜만의 외출

　안락한 노후를 맞은 사람은 자식이 모는 좋은 차를 타고 대형 병원에 가서 진찰을 받겠지만, 대다수 노인들은 힘겹게 지역 보건소로 발걸음을 옮기며 스스로를 챙긴다. 지역 보건소는 일종의 노인정이자 복지 기관이다. 피 여사는 석 달에 한 번 보건소에 갔다. 보건소에 가서 혈압과 당을 측정하고 보건의와 짧게 면담한 뒤, 처방전을 약국에 제출해 세 달 치 약을 지어 왔다.

　보건소에 가는 날이면 피 여사는 소풍 가는 아이처럼 전날 밤부터 수선을 떨었고, 아침 일찍 일어나 외출할 준비를 했다. 정성껏 세수하고 머리를 세심하게 빗질했다. 예전만큼 신경을 쓰지 못하게 되었지만 여전히 설레는 마음으로 거울 앞에 서서 흥분을 애써 누르며 외출 준비를 했다. 피 여사에겐 오랜만의 외출이었다.

　나는 전화를 걸어 택시를 불렀고, 피 여사를 부축했다. 피 여사를 뒷자리에 태우고 보행기를 접어서 피 여사 옆에 넣은 다음 나는 앞자리에 타고 보건소로 향했다.

피 여사는 보건소가 열기 전에 도착하길 원했다. 개원하기 전에 가도 다른 노인들이 벌써 와 있었다. 노인들은 부지런했다. 간혹 아기를 데리고 온 젊은 엄마들이 있었다.

내가 순서표를 뽑아 오는 동안 피 여사는 대기석 옆에 있는 혈압 측정기를 이용했다. 피 여사는 꼭 두 번을 쟀다. 처음엔 수치가 높게 나온다면서 한 번 재고 나서 숨을 고르고 난 뒤 다시 쟀다. 그러면 보다 낮은 수치가 나왔고, 피 여사는 더 낮은 수치를 자신의 혈압으로 여겼다. 혈압 측정 기록을 한 손에 꼭 쥐고는 진찰실로 들어갔고, 간호사의 도움을 받아 당 수치를 쟀다.

혈압과 당의 수치는 오르락내리락했다. 피 여사는 혈압과 당의 수치가 높게 나오면 시무룩해졌다. 보건의가 수치를 보면서 뭘 잡수셔서 이러냐고 한마디 하면 그 말이 비수처럼 꽂혔는지 한동안 달차근한 음식은 입에 대려고 하지 않았다. 피 여사는 쌈지 주머니에 사탕이나 과자나 초콜릿을 가지고서는 조금씩 꺼내 먹는 게 낙이었는데, 그 작은 즐거움마저 주춤하게 할 만큼 의사의 영향력은 컸다.

피 여사는 보건소 가기 보름 전부터 달달한 음식 섭취를 줄였다. 시합을 앞두고 계체량 통과를 위해 식단 조절을 하는 권투 선수처럼 피 여사는 정해진 목표가 있으면 엄격해졌다. 노력 끝에 당 수치가 내려가면 뿌듯해했다. 보건소 담당의의 "당이 내려갔네요" 한마디에 피 여사의 마음은 하늘 위로 두둥실 떠올랐다. 담당의가 자상하게 인정해주는 말을 좀 더 해줬으면 피 여사의 기분이 더 좋았을 텐데, 담당의가 그 정도의 감정 노동은 하지 않았다.

　나는 예전보다 혈압이나 당의 수치가 낮아졌으면 그동안의 노력을 칭찬했고, 올라갔으면 이번 달에 먹은 음식 가운데 악영향을 끼쳤을 용의자를 피 여사에게 알려줬다. 그러나 피 여사는 그것 때문이 아니라면서 내가 지목한 용의자를 좀처럼 검거하려고 하지 않았다. 피 여사가 방치했던 용의자는 사탕이었다.

　피 여사는 혈압과 당 수치가 내려가면 그동안 들인 노력의 보상으로 좀 더 관대하게 먹었다. 권투 선수가 계체량 검사를 통과하고 난 뒤 양껏 음식을 먹는 것과 비슷했다. 노력했는데도 기대와 달리 혈압과 당 수치가 높게 나올 때도 있었는데, 그러면 피 여사는 시큰둥해져서 식사도 하지 않으려 했다.

노인들은 금세 친해진다

약을 짓고 택시를 타고 돌아오는 길이면 피 여사는 밖을 내다보면서 알고 지내던 사람들 안부를 궁금해했다. 보건소와 집 사이에 전통 시장이 있는데, 피 여사는 장 보러 돌아다니면서 많은 이들과 안면을 텄었다. 노인들은 금세 친해졌다.

한 노인이 시장으로 가는 길목에서 감자를 바구니에 담아 팔았다. 내가 장 보러 갈 때면 침상에 누워 있던 피 여사가 몸을 일으켜서는 매장에서 사는 것보다 노인이 파는 감자가 알이 더 굵고 더 싸다고 강력 추천을 하곤 했다. 내가 뭉텅이로 감자를 사면 다 먹기도 전에 싹이 난다고 해도 피 여사는 물러서지 않았다. 이왕이면 노인의 감자를 팔아주면 좋지 않으냐고 재차 권했다. 노인들의 유대는 끈끈했다. 그래서 몇 번 그 노인의 감자를 샀다.

할머니들끼리는 서로의 사정을 쉽게 털어놓기 때문인지 피 여사는 감자 파는 노인의 사정을 속속들이 알았다. 그 노인은 아픈 남편을 병간호하는 중에 푼돈이라도 벌고자 감자를 떼어다가 팔았다. 노인은 무릎 관절염을 앓으면서도 날마다 나왔다. 몸 아픈 노인이 더 아픈 노인을 돌보면서 장사까지 하고 있었다. 자식은 없는지 있는지 모르겠다고 피 여사는 전했다. 피 여사는 있으나 마나 한 자식들이 많다고 혼잣말을 했다.

택시를 타고 보건소에서 돌아오는 길에 피 여사는 그 노인이 나왔는지 창밖을 뚫어져라 응시했다. 시장 주변은 북새통이었다. 택시 안에선 시야가 가려 그 노인이 나왔는지 안 나왔는지 잘 보이지 않았다.

"시장에서 내려서 감자랑 이것저것 사 가자."

"도중에 내리면 또 택시 잡기도 힘들잖아요. 그냥 집에 가요."

사실 택시 잡는 게 힘든 일은 아니었다. 도중에 택시에서 내려 붐비는 전통 시장에서 보행기를 끄는 피 여사를 챙기며 장보는 게 내키지 않았을 뿐이었다. 피 여사는 말없이 창밖을 바라봤고, 택시는 금세 집 앞에 도착해 있었다.

인절미와 시장표 김

    그렇게 택시를 타고 보건소와 집을 오갈 때마다 창밖을 바라보는 피 여사의 눈빛은 마치 억울하게 감옥에 갇힌 수인의 눈빛 같았다. 사람들과 만나지 못하고 집에만 있는 피 여사가 가여웠다. 나도 집 안에 틀어박혀 지내기는 비슷했지만, 나는 가끔 강의를 나가거나 운동하러 나갔는데 피 여사는 그마저도 없었다. 그래서 한번은 보건소 갔다가 돌아오는 길에 시장에서 내렸다.

    감자 파는 노인을 찾았으나 보이질 않았다. 몸이 아파서 나오지 않았는지 아니면 이제 장사를 접었는지 또는 신변에 무슨 일이 있는지 알 수 없었다. 피 여사는 노인이 장사하던 휑뎅그렁한 자리에 우두커니 한참을 서 있었다. 사람들이 피 여사와 나의 주변을 스치고 지나갔고, 어디서 불어오는지 알 수 없는 스산한 바람이 우리 둘 주변을 맴돌았다.

    피 여사와 나는 발길을 어렵사리 떼어 시장 안으로 천천히 들어갔다. 피 여사는 오랜만에 시장에 와서 그런지 여기저기 구경했다. 우리는 여러 가게를 둘러보다가 피 여사가 좋아하던 인절미와 김을 샀다. 인절미는 피 여사가 좋아하는 떡이었고, 김은 피 여사의 주요 반찬이었다. 피 여사는 죽에다 김을 찢어서 넣어 먹었기 때문에 김을 쟁여놓아야 안심했다. 김은 한 봉지에 천 원에 팔았고, 피 여사는 늘 세 봉지만 딱 사 와서는 아껴 먹었다.

그러다 한번은 내가 간 김에 만 원어치 열 봉을 샀더니 한 봉지를 더 줬다. 나는 집에 돌아와 피 여사에게 이 소식을 알렸고, 시장표 김에 대한 피 여사의 애착은 한층 더 강해졌다. 피 여사는 가성비 차원에서 시장에서 파는 김을 좋아했는데, 만 원어치를 사면 한 봉투를 더 주니 더 좋아할 수밖에 없었다. 매장에서 파는 김은 포장만 요란했지 내용물이 적게 들었다고 손사래를 쳤다. 김을 사 올 때마다 피 여사는 김의 크기, 들어 있는 장수, 가격을 엄밀하게 비교했다. 그리고 시장에서 파는 김을 사 먹는 게 남는 일이라고 확신했다. 가성비를 따지는 건 피 여사의 평생 습관이었다.

인절미와 김을 사고는 집에 돌아왔다. 그 인절미는 피 여사의 마지막 인절미가 되었다. 피 여사는 인절미도 씹히지 않는다면서 먹다가 뱉어버렸다. 한숨을 푹 쉬더니 피 여사는 감자 파는 노인네 걱정을 했다. 나도 약간 걱정이 되었다. 시장에 가도 그 노인을 더는 볼 수 없었다. 노인이 있던 자리엔 또 다른 노인이 나타나 나물을 팔았다.

용건이 있어야 전화를 거니?

피 여사는 외출을 거의 못 했다. 보행기를 끌고 혼자서 외출할 엄두를 내지 못했다. 내가 동행하면 산책은 그나마 할 수 있었을 텐데, 그리하지 않았다. 피 여사가 자신의 상태를 남들에게 보이기 싫어한 것도 있었지만, 내가 귀찮았기 때문이었다.

나의 직업이 요양 보호사라면, 그리고 피 여사가 내 담당 환자였다면 산책을 했을 것이다. 그러나 가족을 돌볼 때는 그렇게 되지 않았다. 가족이기 때문에 소홀했다. 자연스레 피 여사는 집에만 머무는 신세가 되었다.

갇혀 지내다시피 집에만 있게 된 피 여사는 심심해했다. 남들과 어울리며 대화하고 싶어 했다. 유선전화기 있는 데로 보행기를 끌고 가기가 불편한 피 여사를 위해 박 여사는 무선전화기를 설치했다. 무선전화기는 피 여사의 비서처럼 곁에 찰싹 달라붙어 있었다. 피 여사는 전화가 오면 그렇게 좋아했다. 하루에 여기저기 몰아서 전화했다. 청력이 떨어진 노인들이 그러하듯 피 여사는 큰 소리로 말을 했고, 피 여사의 통화 소리는 내 귓가에까지 생생하게 전해졌다.

피 여사는 전화를 이용해 대외 활동을 이어갔다. 교회에서 알게 된 몇몇 노인과 피 여사는 안부 전화를 주고받았고, 특히 자신보다 두 살 더 많은 고령의 권사에게 자주 전화했다. 고령의 권사는 자신이 전화를 걸 수 없는데 걸어줬다며 피 여사에게 고마워했다. 고령의 권사는 눈이 잘 보이지 않아 번호를 누르지 못하는 것 같았다. 피 여사는 그 노인의 목소리와 말투를 연기자처럼 재연했다. 고맙다는 말을 들은 게 감격에 겨웠는지 피 여사는 이 일화를 얘기하고 또 얘기했다.

반면에 자신과 동갑인 어떤 노인이 있는데, 그 노인은 배운 게 없어서 무식하다고 폄하했다. 피 여사는 한 통의 전화 때문에 그 노인에게 마음을 꽝 닫았다.

"전화를 했는데 왜 걸었느냐고 하는 게 말이 되냐?"

"전화를 왜 걸었느냐고 했어요?"

"왜 걸었느냐니, 권사님은 전화를 걸어줘서 고맙다고 하는데, 왜 걸었느냐니."

"왜 전화를 걸었는지 용건이 궁금해서 물은 걸 수도 있잖아요?

"꼭 용건이 있어야 전화를 거니?"

기분이 상한 피 여사는 그 노인에게 다시는 전화 걸지 않았고, 두고두고 이를 갈았다. 피 여사는 전화를 왜 걸었느냐고 물어본 노인에 대한 험담을 한동안 입에 달고 살았다. 남들에게 전화해서는 아무런 맥락 없이 이 일화를 갑자기 꺼내어 들려 줄 정도였다.

나는 피 여사가 왜 이렇게 화를 내는지 완벽하게 공감할 수 없었지만 어림짐작할 수 있었다. 피 여사는 꼭 용무가 있고 어떤 정보를 주고받고자 전화하지 않았다. 사교 수단으로서 전화를 사용했다. 나는 용무가 없으면 전화하지 않았고, 딱히 용무가 없어서 통신사에서 주는 기본 통화 시간도 다 쓰지 않고 매달 버렸다. 나와 달리 피 여사는 관계의 친분을 다지는 수단으로 전화를 걸었는데, 왜 걸었느냐고 대꾸했으니 상대는 피 여사를 박대한 셈이었다.

모든 인간관계엔 미묘한 속사정이 있기 마련이다. 사람들은 아무런 대가를 바라지 않고 호의를 베푸는 척하더라도 속으론 그에 걸맞은 답례가 오기를 원한다. 호의가 거절당할 때 기분이 상한다. 앙갚음하고자 벼린다. 뒤끝이 없는 인간은 없다.

피 여사도 평범한 인간이었다. 피 여사는 그 노인이 아프다는 소식을 접하고 나서도 그 노인에 대한 분개심이 줄어들지 않았다. 반면에 고령의 권사가 요양원에 보내져 전화를 걸지도 못하고 찾아가볼 수도 없어서 소식이 끊겼을 때는 몹시 애석해했다.

나 안 보고 싶었어?

전화가 오면 피 여사는 무척 반가워했다. 누군가와 이야기를 하는 것만으로 피 여사는 즐거움을 느꼈다. 전화 소리가 들리면 축 처져 있던 피 여사의 눈에서 반짝하고 빛이 들어왔고, 심장 박동 수는 올라갔다. 특히나 자신에게 관심과 호감을 보이는 사람의 전화는 언제나 피 여사를 행복하게 만들었다. 피 여사에게 감동을 준 통화는 고령의 권사 말고 또 있었다. 둘째 남동생의 딸, 그러니까 조카와의 통화였다.

피 여사는 조카가 아기를 낳았을 때 그 집에 가서 도운 적이 있었다. 기저귀를 빨고 산모를 돌봤다. 조카를 돌본 시간이 그리 길지 않았어도 힘겨웠던 시절에 정을 나눈 기억은 평생 갔다.

조카와 피 여사는 각자 삶이 바빠 그 뒤로 왕래가 적었고, 연락이 뜸했다. 꽃이 피고 지며 세월이 쏜살같이 흘렀고, 어느새 그 조카도 중년이 되었다. 그런 조카가 오랜만에 전화해서는 "고모, 나 안 보고 싶었어?"라고 들뜬 목소리로 말했고, 피 여사는 함박웃음을 지었다.

피 여사는 조카의 목소리를 흉내 내면서 "고모, 나 안 보고 싶었어?"를 나에게 수십 번 재연해 보였다. 그만큼 한 통의 전화가 행복한 기억으로 피 여사에게 각인되었다.

　보고 싶지 않았냐는 조카의 물음에 피 여사는 연인들이 속삭이듯 보고 싶다고 조카에게 말했다. 하지만 보고 싶어도 몸이 이래서 갈 수 없다면서 금세 또 신세 한탄을 했다. 그 조카는 큰 수술을 받고 병치레를 하고 있었다. 피 여사와 전화 통화하고 얼마 뒤에 세상을 떠났다. "고모, 나 안 보고 싶었어?"라는 달달하고 발랄한 목소리가 피 여사와 나눈 마지막 통화였다. 이승에서의 마지막 신변 정리를 하는 과정에서 피 여사에게 전화를 건 것이었다. 피 여사는 자신을 보고파 하던 조카를 보지 못한 채 먼저 떠나보냈다.

전화교환원과의 갈등

 행복감을 더 느끼고자 피 여사는 전화 외교를 펼쳤다. 수첩에 삐뚤삐뚤하게 쓴 몇 안 되는 전화번호를 눌러 여러 사람과 통화했다. 그런데 전화번호를 정확하게 누르지 않아서 엉뚱한 데에 걸리거나 연결되지 않기 일쑤였다.

 전화번호가 결번이라는 자동 안내 음성이 나오면 피 여사는 전화교환원의 목소리인 줄 알고 대화를 시도하다가 자신의 말에 대답하지 않는 자동 안내 음성에 화를 내곤 했다. 자기는 똑바로 걸었는데 연결시켜주지 않는다면서 자동 안내 음성에 욕을 퍼부었다. 나는 피 여사의 분노 섞인 짜증을 방에서 묵묵히 건네 듣다가 피 여사에게 가서 사실관계를 짚어주곤 했다. 물론 별 소용이 없었다.

 "우라질, 뭐가 잘못 걸렸다는 거야."

 "피 여사, 전화기 번호를 잘못 눌렀나 봐요. 제대로 눌러야죠."

 "제대로 눌렀다니까. 제대로 눌렀는데도 안 연결해줘."

 지금 나오는 목소리는 전화교환원이 아니라 자동 안내 음성이고, 엉뚱한 데 걸린 건 번호를 잘못 눌러서라고 수십 번 이야기해도 피 여사는 자신이 올바르게 눌렀는데 잘못 연결해주고 있다고 우길 뿐이었다.

나는 피 여사에게 심호흡을 한 뒤 다시 시도해보라며 전화기를 건네고는 지켜봤다. 옆에서 지켜보니 피 여사의 손끝이 떨렸고, 전화기의 숫자 버튼은 피 여사가 정교하게 조작하기에 작았다. 2를 누르다가 두 번 눌러 22가 되거나 5를 누른다고 하는 것이 옆의 6까지 눌러 56이 되는 식이었다. 더구나 노안이라 전화기 화면에 자신이 누른 번호가 보이지 않아 자신이 정확하게 눌렀는지 확인하지 못했다.

피 여사는 그렇게 여러 번 시도를 했지만 자신이 통화하고 싶은 상대의 번호를 입력하는 데 좀처럼 성공하지 못했다. 피 여사는 계속해서 자동 안내 음성이 나오자 무선전화기를 패대기치면서 울화통을 터뜨렸다.

나는 보다 못해 몇 번 대신 걸어주기도 했다. 그렇게 연결이 되면 여태껏 화를 내던 일은 금세 잊고 통화된 사람과 반갑게 어깨를 들썩이며 이야기를 나눴다. 방금까지 씩씩거리던 사람이 맞는지 의아할 만큼의 변신이었다.

이웃집 노인의 자식 자랑

 피 여사는 스스로 양산한 고비와 역경을 넘기면서 여기저기에 전화했다. 나는 피 여사의 목소리로 전화 외교의 성과를 미루어 짐작할 수 있었다.

 "여보세요?"

 "나야, 아파트."

 하루는 뜬금없이 아파트라고 자신을 소개했다. 통화 상대자는 시장에 돌아다니면서 알게 된 노인이었다. 피 여사는 딸의 집에 얹혀사는 처지였지만 자신이 아파트에 살고 있다는 데서 일종의 우월감을 느꼈다. 많은 노인들이 다세대나 연립주택에 거주했고, 반지하나 옥탑방 같은 열악한 데서 사는 노인도 부지기수였다.

 노인들의 형편은 극과 극으로 갈렸다. 소수의 노인은 부유하고 평온한 노후를 보내지만 다수의 노인은 험난하고 힘겨운 노후를 견디고 있었다. 노인들의 처지는 단박에 비교됐고, 노인들은 다른 노인들과 만나 이야기를 나누다 보면 금세 우쭐해지거나 시무룩해졌다.

아파트에 살아서 다른 노인들의 부러움을 산 피 여사였지만, 옆 통로에 사는 은퇴한 요리사 노인에겐 열등감을 느꼈다. 서울 강남에서 한식당을 운영했다던 옆 통로의 요리사 노인은 혼자 살면서 자신이 먹을 음식을 스스로 만들었고, 혼자서 다 먹을 수 없다면서 가지고 오곤 했다. 답례로 박 여사는 그 노인에게 여러 물품을 가져다줬다. 피 여사는 음식 솜씨에 나름의 자부심이 있었기 때문인지 이웃집 노인의 음식이 싱겁다면서 탐탁잖아 했다. 피 여사는 음식에 간이 적절해야 한다는 강박이 있었다.

음식의 간에 대한 강박은 남편 때문에 생겨났다. 과거의 가부장들은 밥상머리에서 난리를 피우곤 했다. 심지어 밥상을 뒤집어엎던 일화가 민담처럼 널리 퍼져 있었다. 형편이 넉넉하지 못해 밥 한 숟가락이 아쉬운 시절에 가부장들은 밥상을 뒤엎으면서 식구들 속을 뒤집어놓았고, 집안 꼴을 난장판으로 만들었으며, 살림살이를 스스로 망가뜨렸다. 가부장은 식구들 위에 군림하면서 스스로 고독하게 소외된 채 가족들에게 상처를 주었다.

은퇴한 요리사나 피 여사나 이제 남편이 없어서 눈치를 보지 않고 식사할 수 있는 처지였고, 여유 시간이 있으니 얼마든지 둘은 친밀하게 지낼 만한 여건이었다. 하지만 피 여사는 요리사 노인에게 거리를 뒀다. 그 노인이 걸핏하면 자식 자랑을 늘어놓았기 때문이었다. 요리사 노인의 자식들은 나름 출세해서 잘살았고, 자주 찾아와 은퇴한 요리사를 챙겼다. 피 여사는 요리사 노인에게 질투심을 강하게 느꼈다.

어느 날, 피 여사가 울부짖는 소리에 나는 잠에서 깼다. 시계를 보니 4시였다. 아직 동이 트려면 멀었다. 어스름한 새벽녘이었다. 어둠 속으로 빛이 천천히 섞이면서 희붐해지고 있었다. 여명의 새벽녘에 아흔을 넘긴 노파가 어둠 속에서 몸을 웅크린 채 부들부들 떨면서 구슬프게 흐느꼈다. 피 여사는 자식들 이름을 하나하나 들먹이면서 오열하고 있었다. 그 전날 그 노인과 피 여사는 통화했고, 그때 느꼈던 울분을 삼키고 삼키다가 새벽녘에 토해내는 것이었다.

피 여사의 주변으로 슬픔의 어둠이 짙게 드리워져 있었다. 서글픔과 서러움으로 뒤엉킨 어둠이었다. 어둠을 걷어내려 손을 뻗다가 주춤했다. 저렇게 슬퍼하고 있는 사람에게 어설프게 손을 내미는 건 오히려 더 비참하게 만드는 일 같았다. 피 여사가 충분히 울도록 그저 바라보았다.

텔레비전이라는 은인

전화할 데가 마땅치 않으면 피 여사는 텔레비전으로 심심함을 달랬다. 때때로 텔레비전 때문에 피 여사는 나를 불렀다. 리모컨을 눌러도 작동하지 않을 때가 있었다. 그럼 나는 건전지를 바꿔 끼웠다. 피 여사는 아침부터 새벽까지 텔레비전을 봤고, 자주 채널을 바꿔서 그런지 건전지는 금세 소모되었다.

리모컨은 박 여사나 나도 만졌기에 무선전화기와 달리 피 여사 옆에 늘 붙어 있지 않았다. 대부분 피 여사 근처에 있어도 침상 이불이나 발밑에 들어가 있어서 피 여사가 못 찾을 때가 있었고, 그럴 때면 나를 불렀다.

"왜 불렀어요?"

"그거 어딨냐? 암만 찾아도 없다."

"뭘 말하는 거예요?"

나는 피 여사가 리모컨을 찾고 있다는 걸 알면서도 능청스레 묻곤 했다. 피 여사는 골똘히 단어를 생각했다. 피 여사는 외래어를 어려워했다. 인지 장애가 생기지 않도록 나는 피 여사에게 텔레비전에 나온 사람의 이름이나 외래어의 사물을 몇 번이고 주지시켰고, 나중에 기억하는지 물어봤다.

"그거 있잖아, 에, 에, 에어컨."

"푸핫. 에어컨 어디 있나 찾아볼게요."

에어컨이란 말에 나는 웃음이 터졌다. 예상치 못한 답변이었다. 피 여사는 리모컨과 에어컨을 헷갈려 했다. 피 여사는 에어컨이 나오는 차가운 데에서 자다가 풍을 맞은 적이 있는데 그때 에어컨이라는 단어가 각인된 것 같았다. 자신에게 고통을 준 상대는 잊으려야 잊을 수 없는 법이었다. 식탁 위에 놓여 있던 리모컨을 피 여사에게 건넸다. 리모컨을 손에 쥔 피 여사는 이리저리 번호를 누르면서 여러 방송을 봤다.

많은 노인들에게 텔레비전은 귀한 은인이다. 텔레비전이 없다면 노후의 고독과 권태를 달랠 길이 없어서 막막할 것이다. 노인에게 텔레비전은 웬만한 자식보다 더 가까운 관계다. 외로울 때 자식들은 곁에 없지만 텔레비전은 늘 옆에 있어준다. 물론 텔레비전보다 자식이 더 소중하겠지만, 자식이 곁에 없기에 노인들은 텔레비전을 하염없이 바라보면서 하루하루를 견딘다.

드라마에 몰입하다

피 여사는 수많은 방송 가운데 연속극에 몰입했다. 연속극은 극중 인물들끼리 서로 뒤엉켜 있었고 얼토당토아니한 설정이 많았다. 피 여사는 콩가루 집안이라며 혀를 끌끌 차면서도 눈을 떼지 못하고 봤다. 피 여사는 지나치게 감정이입을 해서는 악당이나 악인을 욕하면서 나에게도 연속극 줄거리를 전해주곤 했다.

피 여사는 가정사, 그 가운데서도 여자와 남자의 치정이 얽힌 얘기에 흥미를 보였다. 여기저기를 틀다가도 멈춘 곳은 그러한 통속극일 때가 많았다. 피 여사는 특히 막장 논란이 났던 연속극의 재방송을 즐겨 봤다.

"이게 재미있어요?"

"뭐가 재밌냐. 볼 게 없으니까 보는 거지."

"볼 게 없으면 안 보면 되지, 뭘 굳이 이런 걸 봐요."

나의 핀잔에도 불구하고 피 여사는 그동안 자신이 보면서 느꼈던 감정을 줄거리에 섞어서 나에게 생생하게 전해주고는 했다. 피 여사는 재미가 없다고 했지만 실제로는 엄청 흥분해서 연속극을 봤다.

긴장과 갈등을 극적으로 유발하는 연속극에 솔깃하지 않기
란 어려운 일이다. 누가 누구를 좋아하는데 꼭 악덕한 방해자
가 있다거나, 자식의 결혼을 부모가 결사반대한다거나, 믿었
던 지인에게 속아서 위기를 겪은 사람이 복수에 나선다거나,
자신을 키워준 부모가 친부모가 아니라는 설정 등은 피 여사
를 흥분시켰다. 나 역시 피 여사 옆에서 정신없이 보다가 한참
뒤에야 훌쩍 지나가버린 시곗바늘에 아연했던 적이 한두 번이
아니었다.

연속극을 얼핏 보면 그 얘기가 저 얘기 같고, 거기서 거기 같
지만, 그 안엔 각자의 재미가 있었다. 재미있게 보던 연속극이
끝나고 새로운 연속극이 시작하고 나면 피 여사는 늘 이번 건
예전만 못하다고 아쉬워했다. 하지만 머지않아 피 여사는 과
거에 즐겨 보던 드라마는 잊어버린 채 새로운 드라마에 몰두
했다.

사자와 하이에나

피 여사가 연속극만큼 즐겨 보는 방송은 야생동물 다큐멘터리였다. 피 여사는 맹수에게 관심이 많았다. 맹수가 초식동물을 사냥해서 물어뜯는 장면이 나오면 어쩔 줄 몰라 했다. 육식동물들은 초식동물 무리에 침입해 뿔뿔이 흩어지게 한 다음에 혼자 떨어진 개체를 공격했다. 그럴 때마다 피 여사는 다른 초식동물들이 사냥당하는 초식동물을 바라만 보고 있을 뿐 도와주지 않는다고 안타까워했다.

"어이구, 어떡하냐, 저러다 잡히겠다. 잡히겠다. 잡히겠다, 아이고, 아이고. 잡혔다."

화면 속에선 사자들이 연합해서 영양 한 마리를 쫓았고, 영양은 요리조리 몸을 돌리면서 도망가다가 끝내 잡혔다. 피 여사는 주먹을 꽉 쥔 채 조마조마해하며 화면을 보다가 맥이 놓이는지 허탈해하며 말했다.

"한꺼번에 덤비면 죽지 않을 텐데 그냥 놔두네."

"쟤네들도 무서울 거 아니에요. 나서서 도와주기 힘들죠."

"아니, 그래도 나중에 지가 또 혼자 될 수 있잖아. 그때 아무도 안 도와줄 텐데."

"동물들이 미래까지 생각할 여력이 없는 것 같아요."

"으이구, 불쌍한 녀석들."

"그건 그렇고 사자나 하이에나 중에 뭐가 더 좋아요?"

"그걸 질문이라고 하냐. 사자가 더 좋지."

"사자나 하이에나나 초식동물을 잡아먹는 건 비슷한데, 왜 사자가 더 좋은 거예요? 하이에나도 성실하고 튼튼하잖아요?"

"하이에나는 영 그렇잖아. 사자가 훨씬 낫지."

"그러니까 왜 사자가 더 낫냐는 거예요."

"사자가 더 나으니까 더 낫지."

피 여사는 가장 강한 포유류로 알려진 사자나 호랑이에게 큰 호감과 흥미를 보였다. 하이에나는 좀 비열한 시체 청소부로 알려졌다. 하지만 하이에나는 시체만 먹는 동물은 아니다. 어떤 맹수라도 사냥은 실패할 확률이 높다. 그래서 하이에나는 사냥도 곧잘 하지만 보다 확실한 방법, 남이 잡은 사냥감을 빼앗는 걸 선택하는 것이다. 인간의 관점에서 하이에나가 비겁하고 교활해 보이기 때문인지 하이에나는 부정적인 의미로 사용된다. 하지만 하이에나나 사자나 살아남기 위해 저마다 방법을 사용할 뿐이다. 하이에나는 아주 길고 긴 시간 사자와 싸우며 경쟁한 사이다. 하이에나는 자신의 방식으로 열심히 살아간다. 하이에나는 강한 동물이다. 하이에나들이 덤비면 사자도 잡은 먹이를 놓고 도망간다.

나는 마치 하이에나의 변호인인 것처럼 피 여사의 편견을 덜어내고자 하이에나의 특성을 여러 번 알렸으나 피 여사는 콧방귀도 뀌지 않았다. 하이에나 생김새가 싫다고 했다.

개와 고양이

    동물 관련 방송을 보고 있을 때면, 나는 피 여사의 반응이 어떨지 뻔히 알면서도 개를 키우자고 말을 건넸다. 개를 키우면 피 여사가 덜 외로울 것이며, 개를 키우는 사람이 건강하고 행복하다는 연구도 있다고 떠보곤 했다. 그럴 때마다 피 여사는 고개를 절레절레 저었다.

    "개를 키워볼까요? 아주 귀여운 개 있잖아요. 개가 노인 건강에 아주 좋대요."

    "개를 누가 집에서 키워? 개는 밖에서 키우는 거지. 일산 대화 할아버지는 집에서 개랑 같이 살면 그건 사람이 아니고 개라고 했어."

    피 여사는 나의 입장에서 자신의 남동생을 일산 대화 할아버지라고 불렀다. 피 여사는 자신의 주장을 강하게 펴기보다는 다른 이들의 말을 빌리는 간접화법을 즐겨 사용했다. 더구나 피 여사는 개에게 물린 적도 있었다. 피 여사가 단칸방에 살던 시절에 교회 가려고 나서는데 옆집 개가 피 여사의 발등을 물었다. 이웃집 여인은 미안해하면서 개털을 잘라다가 피 여사의 환부에 발라주었다. 이렇게 하면 낫는다고.

피 여사가 받은 치료법은 황당했지만 다행스레 피 여사의 발등엔 별다른 흉터가 없었다. 다만 마음의 상처가 아물지 않았다. 피 여사는 강아지를 귀여워했지만 큰 개에겐 거리를 두려 했다. 그때 겪었던 충격과 공포가 온전하게 치유되지 않은 듯했다. 몸의 상처는 나아도 마음의 상처는 좀처럼 낫지 않는 법이다.

"그럼 고양이는 어때요?"

"고양이는 주인을 못 알아봐. 안 돼."

개 키우는 일을 피 여사가 거부하면 나는 은근슬쩍 고양이를 언급했다. 하지만 피 여사는 고양이도 거부했다. 반세기 전에 피 여사는 쌀장사를 했고, 그때 황갈색 고양이를 키웠다. 볏단으로 엮은 똬리 방석에다가 잡곡을 담아두고는 되로 퍼 주었는데, 황갈색 고양이는 여기저기 똥을 쌌고 똬리 방석 안에다가도 싸놓았다. 고양이 덕분에 쥐가 쌀가게에 얼씬도 하지 못했지만, 똥을 싸고 모래로 덮던 본능이 쌀로 덮는 행동으로 표출되면서 피 여사는 골치를 썩였다. 쌀을 푸는데 고양이 똥이 보이면 손님에게 미안해하면서 똥을 걸러내야 했다고 토로했다. 더구나 개나 고양이는 털이 무지하게 빠진다면서 피 여사는 질색했다.

내가 고양이와 개를 정말 키우려고 말을 꺼낸 건 아니었다.

대화의 소재로써 고양이와 개를 꺼냈을 뿐이었다. 좀 더 다른 대화 내용을 개발해야 했는데, 나는 피 여사가 무엇에 반응하는지 알아내고는 게으르게 대화했다. 아주 오래된 연인들처럼 심드렁하게 비슷한 이야기를 하고 또 했다.

보고 있으면 몸이 후끈후끈해져

피 여사가 정말 좋아한 또 다른 방송은 스포츠였다. 피 여사는 스포츠의 규칙을 잘 알지는 못했으나 선수들의 움직임에 눈을 떼지 못했다. 배구와 축구를 즐겨 봤다. 야구는 규칙이 복잡해서 그런지 별로 보려고 하지 않았고, 타자가 헛스윙을 할 때만 좋아했다.

스포츠 가운데 무엇보다 흥미를 보이는 종목은 격투기였다. 격투기만큼 단순한 게 없었다. 몸과 몸이 부딪쳐서 더 강한 쪽이 이겼다. 선수들이 열렬히 주먹질하고 발차기 하고 코피가 터질 때 피 여사의 흥분은 최고조가 됐다.

처음엔 격투기에 몰두하는 피 여사가 좀 못마땅했다. 그래서 격투기를 보고 있을 때 이런 거 보면 안 된다면서 다른 방송으로 바꿔놓곤 했다. 그러자 피 여사는 소리를 줄이고는 슬그머니 다시 격투기 방송을 시청했다. 억압으론 사람의 흥미와 관심을 바꿀 수 없는 것이었다. 늦은 밤까지 피 여사는 말똥말똥한 눈으로 격투기를 봤다. 식구들에게 피해 줄까 소리를 작게 해두고는 몰래 격투기를 시청했다.

나는 그렇게 좋아하는 거라면 즐기게 놔두자는 쪽으로 입장을 선회했다. 싸움 구경을 좋아하는 건 원초적 본능이려니 생각했다. 의기소침해서 텔레비전을 보다가 조는 것보다는 흥분해서 깨어 있는 게 더 나은 것 같아 격투기 시청을 권하기도 했다. 피 여사는 어느새 감정을 실어서 소리치며 열광했다.

"주먹을 휘둘러. 때려! 가만히 맞지만 말고 때리라고! 때려. 발로 차. 차라고!"

피 여사는 자신의 응원이 정말 선수에게 들린다는 듯 외쳤다. 응원한 선수가 이기면 피 여사는 마치 자기 덕분인 것처럼 기분이 좋아졌다.

"뭐가 그렇게 재밌어요?"

"보고 있으면 몸이 후끈후끈해져."

피 여사는 격투기를 관람할 때면 자신이 싸우고 있는 것처럼 흥분했다. 손에 땀이 배면서 몸이 달궈졌다. 격투기에 눈을 못 떼는 노인이라니, 뭔가 좀 어울리진 않았지만 흥미로운 광경이었다. 나는 격투기보다는 격투기를 보고 있는 피 여사를 바라보는 게 더 재미있었다.

피 여사는 특히 일본 선수와 한국 선수가 붙을 때 몰두했다. 격투기로 대리 만족하는 것 같았다. 일본 선수와 한국 선수가 부딪칠 때 피 여사는 독립투사처럼 비장하게 응원했고, 한국 선수가 이기면 광복을 맞은 것처럼 만족스러워했다.

"매번 한국 선수만 응원하지 말고, 일본 선수도 응원해봐요. 그래야 공평하지."

"일본을 왜 응원하냐. 일본이 얼마나 악랄한 놈들인데."

"저 선수는 일제강점기에 태어나지도 않았던 사람인데 왜 그렇게 미워해요."

"일본이잖아. 일본 놈들 사과도 안 했잖아."

피 여사는 일제강점기에 식량은 말할 것도 없고 놋그릇이며 쇠붙이며 몽땅 가져간 이야기를 하고 또 했다. 소학교에 다닐 때 일본인 선생이 한국말을 쓰지 못하게 했고, 한국말을 쓰면 "바카야로" 하면서 때렸을 때의 억울함도 고스란히 남아 있었다. 그 뒤로 거의 한 세기가 흘러가고 있었으나 체벌당했을 때 생겨난 분노의 불길은 잦아들기커녕 매번 새롭게 타올랐다. 더구나 피 여사는 위안부에 끌려갈 수 있다는 공포 속에서 원치 않은 결혼을 급하게 했었다. 일본의 수탈에 대한 분노, 서둘러 결혼하게 만든 일본에 대한 노염이 뒤엉켜서 일본에 대한 적개심은 대단했고, 그게 격투기 시청에서 터져 나왔다.

박 여사는 종교 방송을 보면서 가정 예배를 드리지 않고 격투기만 본다고 피 여사를 나무랐다. 피 여사는 적응력이 뛰어난 사람이었다. 격투기를 보다가 박 여사가 돌아올 때쯤 눈치껏 종교 방송을 틀어놓았다. 그리고 박 여사가 자기 방에 들어가면 순식간에 격투기 방송으로 바꿨다.

비공식 국가 대표 응원단장

　피 여사는 국가 대항전을 좋아했다. 배구든 축구든 쇼트트랙이든 국가 대표 경기에서는 입을 벌려서 응원을 펼쳤다. 한국이 공격할 때는 가락을 타면서 응원했다.

　"골인. 골인, 골인 시켜. 고오린, 고오오오오린!"

　상대편이 공격할 때도 일정한 박자로 응원을 하다가 급박한 순간이면 빠르게 노 골을 외쳤고, 급기야 큰 소리로 외쳤다.

　"노 골, 노 골, 노 골, 노 골, 노 골 해. 노 골, 노 골, 노오오오 골!"

　피 여사에게 스포츠는 골인이나 노 골이었다. 한국은 골인이고, 외국은 노 골이었다. 스포츠를 관람하는 내내 골인, 골인, 골인 외치다가 상대편에게 공이 넘어가면 노 골, 노 골, 노 골을 주문 외우듯 절박하게 소리쳤다. 하도 골인과 노 골을 외치다 보니 격투기에서도 한국 선수가 한창 공격하면서 분위기가 후끈 달아오르면 골인을 외칠 정도였다.

　국가 대항전에서 열렬히 한국 편을 드는 피 여사는 그야말로 비공식 국가 대표 응원단장이었다. 피 여사는 한국의 승리와 영광을 위해 자신의 온 힘을 쏟아 응원했다. 국경일이면 한 번도 빠짐없이 태극기를 게양하던 사람이었다.

피 여사는 예전 경기인지 현재 치러지는 경기인지를 분간하지 못했다. 월드컵이나 아시안게임이나 올림픽에서 했던 주요 경기를 스포츠 채널에서 자주 재방송했는데, 피 여사는 마치 생방송을 보고 있는 것처럼 반응했다. 피 여사의 활기를 위해서 나는 재방송되는 국가 대항전을 틀어놓곤 했다.

세어보진 않았으나 피 여사가 2002년 한일 월드컵을 본 횟수가 백 번은 더 되는 것 같다. 그만큼 스포츠 채널에서는 낮 시간에 한국이 이긴 경기를 자주 재방송했는데, 피 여사는 자신이 본 경기라는 걸 좀처럼 기억하지 못했다. 특히 일본과 한 경기는 방송사마다 재방송했다. 올림픽에서 일본과 한 경기가 끝나 채널을 돌리면 아시안게임에서 일본과 한 경기가 나오는 식이었다. 피 여사는 방금 일본이랑 했는데 또 하냐고 의문을 표시했지만, 이내 몰두하면서 응원했다.

내가 보기에 피 여사의 마음엔 과거가 너무 무겁게 똬리를 틀고 있었다. 과거의 멍울을 풀어주고 놓아주고 보내줘야 현재의 체험을 마음에 담을 수 있을 텐데, 피 여사의 마음을 독차지하고 있는 고통의 기억들은 웬만해서는 끄덕하지도 않았다. 아주 즐거운 일이 생긴다면 과거를 밀어내면서 마음속 한자리를 차지하겠지만, 대부분 일상은 지루했으므로 기억되지 않고 지워졌다.

피 여사는 하루하루를 견디듯 보냈다. 피 여사의 삶에선 딱히 즐거운 일이 없었다. 고통과 고독과 권태가 날마다 습격하듯 찾아왔다. 나이가 든다고 미래에 대한 염려가 수그러드는 것은 아니었다. 노인이 된다는 건 더 나은 미래에 대한 기대감 없이 하루하루 힘겹게 버티는 일이었다.

바보가 되는 것보다 무서운 것

죽음을 맞기 전에 인간을 사로잡는 건 뭘까? 회한? 두려움? 홀가분함? 이 모든 감정들이 소용돌이치겠지만 여기에는 외로움도 한몫할 것이다. 다른 이들은 여전히 살아갈 텐데, 자기 혼자 죽는다. 이처럼 외로운 상황이 또 있을까. 인간은 외롭게 살면서 외로이 고통을 겪다가 홀로 세상을 떠난다.

하루는 한밤중에 옛날 외화가 방영되고 있었다. 흑백영화의 이국 배우들은 한때 부와 명예를 지녔을지 몰라도 이제는 남들이 다 자는 시간에나 잠깐 존재감을 가지는 신세였다. 이미 이 세상 사람이 아닐 가능성도 컸다. 세월은 무상했다.

피 여사는 텔레비전을 켜놓고 한 손엔 리모컨을 쥐고는 꾸벅꾸벅 졸고 있었다. 나이가 든다고 한밤의 어둠이 두렵지 않은 건 아니었다. 전기세를 걱정하면서 쓸데없이 불이 켜져 있는 걸 못마땅해하던 피 여사가 텔레비전을 켜놓은 채 자고 있었다. 절약을 신념처럼 중시하던 피 여사였으므로 전기를 낭비하려고 켜놓은 것은 아니었다. 그냥 졸다가 잠들어서 미처 텔레비전을 못 끈 것이었다. 하지만 그날만은 다르게 느껴졌다. 너무나 외롭고 무섭기에 차마 텔레비전의 화면을 끌 수 없었노라고.

텔레비전 영상에서 나오는 빛깔이 푸근한지 피 여사는 텔레비전을 켜놓고 자주 졸았다. 아침에도 졸았고, 낮에도 졸았으며, 저녁에도 졸았다. 텔레비전에 송출되는 소리와 빛이 자장가처럼 다독이면서 피 여사를 잠으로 이끌었다고 생각하려 했지만, 이건 나 스스로를 속이는 일이었다. 텔레비전이 암만 재미있다고 해도 내내 보는 건 따분한 일이었고, 홀로 텔레비전을 보는 건 고독한 일이었다.

피 여사는 졸다가 리모컨을 자주 떨어뜨렸다. 졸음에 겨워 손의 힘이 스르르 풀리면서 바닥으로 떨어진 리모컨은 둔탁한 소리를 냈다. 어쩌면 그 소리는 고독으로부터 벗어나고 싶다는 구조 신호일지 몰랐다.

나에게 텔레비전은 가장 저렴하게 시간을 보내는 수단이었다. 즐겁고 설레는 일로 하루하루가 충만할 때 나는 결코 텔레비전을 보지 않았다. 외롭고 마음이 공허할 때만 텔레비전 시청으로 일상을 채웠고, 그렇게 하루를 견뎠다. 텔레비전의 시청 시간은 곧 내가 겪고 있는 고독의 총량과 비례했다.

피 여사는 하루 종일 텔레비전을 봤다. 하루 종일 텔레비전을 시청하는 노인은 일종의 방치된 상태로서, 정서적 학대를 받는 것인지도 몰랐다. 피 여사에게 말을 더 걸고, 같이 하루를 오붓하게 보낼 수 있었다. 함께 어딘가로 나가거나 무언가를 더불어 하면서 말이다. 하지만 나는 할 게 많다는 핑계를 내세우면서 방에 틀어박혀 시간을 보냈고, 피 여사를 챙기는 수고를 텔레비전에 떠넘겼다. 그렇게 피 여사의 하루는 텔레비전을 보면서 허공으로 사라져갔다.

거실의 텔레비전에서 이상한 광고 소리가 계속 들릴 때가 있곤 했다. 피 여사가 졸고 있거나 멍할 때였다. 케이블방송은 광고도 오랫동안 요란하게 했다. 나는 광고 소리에 신경이 거슬리면 거실로 나왔다. 피 여사는 고개를 돌려 나를 바라봤다. 그 눈빛은 동물원에 갇혀 오랫동안 무기력해진 동물의 눈빛과 비슷했다. 자기 곁에 더 있어달라는 요청이 들어 있었는지도 몰랐다. 나는 고독한 눈빛에 응답하기보다는 리모컨을 낚아챈 뒤 채널을 이리저리 돌리다가 피 여사가 관심을 갖고 볼 만한 방송을 틀어놓고는 다시 방에 들어갔다. 텔레비전에 피 여사를 맡긴 채 나의 책임을 회피하려고 했다. 피 여사가 홀로 어떤 기분으로 텔레비전을 봤을지 헤아리려고 하지 않았다.

방에서 나와 피 여사가 텔레비전을 보고 있는 뒷모습을 볼 때면 마음 한쪽으로 소슬바람이 지나갔다. 텔레비전이 바보상자라고 하는데, 피 여사를 바보상자 앞에 유배시켜놓고 있었다. 피 여사를 보면서 알았다. 바보가 되는 것보다 고독의 고통이 더 무섭다는 가슴 시린 진실을. 피 여사는 바보상자 덕분에 일상의 권태와 고독을 그나마 조금 달랬다. 세상의 많은 노인들도 그러할 것이다. 바보상자가 없다면 노인들은 노후의 외로움을 견디지 못할 것이다.

은으로 만든 빗

외로움을 언급하니 떠오르는 일화가 있다. 피 여사가 정정하게 걸어 다닐 때 일이다.

집을 청소하고 반찬을 만들고 빨래를 돌려도 시간이 남았던 피 여사는 밖을 돌아다녔다. 비록 힘이 부쳐 걷다가 잠깐씩 앉아 쉬어야 했지만 피 여사는 날쌔게 날마다 나갔다. 한의원에 가서 침을 맞기도 했고, 보건소에도 갔으며, 여러 시장을 돌아다니면서 반찬거리를 사기도 했다. 그러다 시장에서 알게 된 사람들과 같이 어떤 장소에 가게 되었다.

그곳은 노인이 오면 안마기를 사용하게 해줬고, 간단한 다과를 줬으며, 수세미나 행주나 고무장갑 같은 생활용품도 선물로 안겨주었다. 피 여사는 날마다 그곳에 가서 안마받고 먹을 걸 먹고 뭔가를 얻어 왔다. 성실하기로 소문난 피 여사는 하루도 빠짐없이 방문했고, 그곳 사람들의 친절에 피 여사의 성마른 마음도 서서히 열렸다. 피 여사의 일상에 활기가 돌았다.

세상엔 공짜가 없는 법이었다. 어느 날 피 여사가 시무룩해져서 귀가했다. 어제까지 친자식처럼 상냥하던 사람들이 기계를 팔았고, 구매한 노인과 구매하지 않은 노인을 차별했다. 피 여사는 업신여김을 당하고 싶지 않았다. 게다가 그동안 받은 게 있으니 뭐라도 하나 사주고 싶어 했다. 이른바 '떴다방'이었다. 외로운 노인들을 위로하면서 자식처럼 살갑게 굴다가 형편없는 물건을 터무니없는 고가에 파는 곳이었다. 노인들을 상대로 하는 뻔한 사기 행각인데도 날마다 즐겁게 가는 피 여사를 말릴 수 없었다.

다음 날 피 여사는 은으로 만들었다는 빗을 사 왔다. 전원에 연결해서 전자기가 흐를 때 머리를 빗으면 머릿결에 윤기가 흐르고 검은 머리도 난다면서 전해 들은 말을 고스란히 되풀이했다. 가격은 30만 원이었다. 거기서 판매하는 기계들 가운데 가장 싼 거였다. 피 여사는 노령연금과 자식들이 주는 용돈을 쓰지 않고 지독하게 모아뒀는데, 거기서 돈을 꺼내어 샀다.

은으로 만들었다는 빗의 아래쪽을 보니 'Made in China'라고 적혀 있었다. 'Silver'라고 표기되어 있었는데 진짜 은은 아니었다. 은색 칠이 벗겨져 있었다. 그냥 가져가라고 하면 호기심에 가져가기는 하더라도 결코 돈을 주고 사고 싶은 마음이 들지는 않는 수준의 물건이었다.

피 여사가 빗을 사고 얼마 안 있어서 그곳은 문을 닫았다. 신고가 들어왔을 수도 있고, 팔 수 있는 노인들에게 다 팔았기 때문일 수도 있다. 그들은 또 다른 지역에 가서 외로운 노인들에게 말벗을 해주고 먹을 걸 주고 안마도 해주고 선물도 주면서 환심을 산 뒤 하잘것없는 물건을 팔면서 폭리를 취할 것이다. 노인들이 고독한 만큼 그들의 수익은 올라갈 것이다. 그곳 말고도 노인들을 상대로 판촉 활동하는 곳은 많았다. 피 여사는 금세 또 다른 곳을 다니기 시작했다. 그다음부터는 박 여사와 내가 개입했으므로 더 뭔가를 사지는 않았다.

그로부터 시간이 좀 지난 뒤, 나는 30만 원짜리 빗을 피 여사에게 보여줬다. 그런데 피 여사는 자신이 그 빗을 샀다는 사실 자체를 기억하지 못했다. 기억하지 못하는 것인지 자신의 행동을 잊고 싶은 것인지 헷갈릴 만큼 완강하게 부인했다.

"이거 피 여사가 30만 원 주고 산 거 기억나요?"

"무슨 소리야. 내가 그렇게 비싼 걸 왜 사냐?"

"그럼 이게 여기에 왜 있어요?"

"그야 나도 모르지!"

피 여사가 30만 원을 주고 산 은색의 빗은 거실 한 귀퉁이에 덩그러니 방치되다가 어느 날 박 여사 손에 버려졌다. 싸구려 물품은 사라졌지만 피 여사의 고독은 사라지지 않았다. 내가 옆에 있다고는 하나 외로움의 농도를 그다지 낮추지 못했다. 피 여사의 얼굴에 고독의 주름은 늘어만 갔다.

층간 소음과 효녀 효자들

피 여사가 마음껏 움직이지 못하게 되면서 피 여사를 찾는 사람은 부쩍 줄었다. 보행기에 의지할수록 의지할 사람은 사라져갔다. 예전에는 집에서 모임을 가졌고 피 여사를 부르는 모임도 많았는데, 아무래도 거동이 불편한 노인에게 폐가 될까 사람들은 오려고 하지 않았고 부르지도 않았다.

나름의 배려이겠지만 바로 그 때문에 피 여사는 소외감에 치를 떨었다. 피 여사는 사람들이 연락을 뚝 끊자 처음엔 당황하고 화를 냈다가 어느새 체념했다. 환우를 위해 기도하는 임무를 맡은 교인만이 아주 가끔 심방을 왔고, 사회복지사가 몇 년에 한 번씩 찾아올 뿐이었다. 외로운 피 여사는 고독에서 탈출하고자 이곳저곳에 전화를 자주 했고, 박 여사는 전화비를 보고 놀랐다.

사람들이 찾지 않는 피 여사에게 뜻밖에도 아랫집 거주자가 찾아오곤 했다. 아랫집 거주자들은 피 여사가 보행기를 끌 때 발생하는 소리 때문에 항의하고자 방문했다. 밤부터 아침까지 피 여사가 화장실을 서너 번 갔던 만큼 아랫집 사람들의 수면이 방해받았으리라고 짐작됐다.

아랫집 사람이 올라올 때면 박 여사와 나는 양해해달라고 부탁드렸다. 아랫집 사람들은 피 여사를 보면 신실한 기독교인이 십자가를 볼 때처럼 격한 감정이 누그러졌다. 아랫집 사람들은 숙연한 표정으로 별말 없이 자신의 집으로 내려갔다. 윗집의 소음에 분노를 표출하지 못한 아랫집은 전세 계약을 갱신하지 않고 이사를 선택했다. 벌써 몇 번이나 아랫집 사람들이 바뀌었다.

한번은 내가 외출했을 때 새로 이사 온 사람이 올라온 적이 있었다. 피 여사가 보행기를 끌고 나가 어렵사리 문을 열어줬다. 아랫집 사람은 피 여사를 보고 그동안 쌓인 짜증과 분노를 다시 꾹 담아둘 수밖에 없었다. 보행기를 끌고 나온, 한쪽 눈이 감긴, 몸집이 자그마한, 거의 한 세기 동안 세파를 견뎌낸 노파에게 연민을 느끼지 않기란 어려운 일이었다. 피 여사는 아랫집에서 올라왔다 별말 없이 그냥 내려갔다고 알려줬다.

아랫집 거주자들이야말로 사회복지사들이었다. 그들은 고통을 감내하면서 피 여사에게 일종의 효도를 했다. 아랫집에 사는 사람들뿐 아니라 노인들의 생계와 안전과 건강에 이바지하는 모든 사람들이 사회적 효녀이고 효자였다.

모두 각자의 노후

노인을 봉양하는 일을 하려는 젊은이는 많지 않다. 어쩔 수 없이 중장년이 노인을 봉양하는 실정이다. 요즘은 요양 병원마다 노인들로 북새통을 이루고, 그곳엔 곧 요양원에 들어가도 무방할 만큼 나이 든 요양 보호사들이 노인들을 돕고 있다. 그것도 거의 여성들이다. 노인 봉양이란 조금 덜 늙은 여성이 더 늙은 노인을 간호하는 일처럼 되었다.

피 여사에겐 박 여사와 내가 있었으나, 훗날 박 여사가 더 나이가 들어서 거동이 힘들어지면 누구에게 돌봄을 받을 수 있을지에 생각이 미쳤다. 박 여사는 자식이 둘 있었다. 하나는 나였고, 동생은 결혼해서 잘 살고 있었다. 아무래도 내가 박 여사도 돌봐야 한다는 생각이 스치고 지나갔다. 박 여사는 요양 시설에 들어가겠다고 말했지만 과연 그게 옳은 길인지 알 수 없었다.

박 여사는 오히려 나의 미래를 걱정했다. 내가 결혼도 하지 않고 나이 들어가는 걸 불안해했다. 자신도 없으면 누가 나를 돌봐주느냐고 안타까워했다. 나는 걱정도 팔자라고 응수했지만 미래에 내가 홀로 담담하게 살아가리라고 장담할 수는 없었다.

나는 연금도 뒤늦게 들었다. 해마다 국민연금공단에서 가입하라고 채근할 때마다 수입 저조를 이유로 뒤로 미루어오다가 얼마 전부터 아주 적은 돈을 납부하고 있었다. 나는 국민연금에 들고 싶지 않았다. 노년이라는 먼 미래를 위해 알량한 수입 가운데 무려 10분의 1이나 내놓는다는 게 그리 합리적이지 않아 보였다. 당장 살아남기 어려운 사람에게 미래를 대비하란 이야기는 사치처럼 느껴지는 법이다. 한번은 국세청에서 보내주는 종합소득세 신고서를 읽고는 폐지함에 버렸는데, 박 여사가 뒤져서는 동생에게 그 내용을 알려줬다. 동생은 내가 그리 큰 돈을 못 버는 줄 알고 있었으나 나의 1년 소득이 자신의 한 달 월급에도 못 미친다는 사실을 알고는 충격을 받았다.

국민연금 관련 분석 기사를 보면 미래에 내가 연금을 받을지조차 미심쩍었다. 퇴직한 박 여사는 연금 덕분에 어느 정도 안정된 노후를 보내고 있었다. 그러나 나의 노후엔 연금 재정이 충분하지 않을 가능성도 있었다. 내가 납부한 금액 자체도 너무 적어서 내가 받을 국민연금으론 최소한의 기본 생활도 어려웠다. 박 여사는 연금 관련 기사나 미래에 대한 기사를 읽을 때마다 나를 걱정했다. 나는 내가 나를 돌보면서 잘 살 거라고 씩씩하게 말했지만 쓸쓸한 불안을 완벽하게 감추진 못했다.

치즈에 눈을 뜨다

　내가 옆에서 돌보더라도 피 여사의 육체가 쇠약해지는 걸 막을 수는 없었다. 피 여사의 몸은 여기저기가 아팠고, 탈이 났으며, 고장이 났다. 특히 치아의 상실이 눈에 띄었다. 밥을 먹다가 이가 쪼개져 나갔다.

　음식을 씹기 힘들어 피 여사는 밥을 끓여 먹었다. 죽 먹는 게 지겨우면 라면을 반으로 잘라서 반만 끓여 먹었다. 라면 한 개는 많아서 다 못 먹었다. 라면 사리도 잘 씹히지 않아 피 여사는 물을 왕창 붓고 아주 오래 끓여서 푹 퍼진 걸 먹었다.

　죽이 먹기 싫다고 피 여사가 투덜거릴 때면 이따금 라면 두 개를 끓여서 같이 나눠 먹었다. 피 여사는 라면을 그렇게 좋아하면서도 자기 라면이 많다며 나에게 한 젓갈씩 꼭 덜어 주려 했다. 양을 다 헤아려서 배분한 것이니 걱정 말고 잡수라고 해도 요지부동이었다. 라면을 먹을 때마다 피 여사에게 한 젓가락을 건네받는 건 통과의례 같았다.

　어릴 때 라면을 하도 많이 먹어서 좀 물리기도 했던 나는 라면보다는 좀 더 괜찮은 음식을 먹고 싶었다. 간단한 요리를 하기 시작했다. 요리라고 할 것도 없었다. 요즘엔 간편식이 워낙 많았다. 간단하게 해 먹을 수 있는 파스타부터 시작했다. 면을 끓인 다음에 소스를 붓기만 해도 그럴듯한 요리가 되었다. 마침 박 여사와 친한 분이 오이장아찌를 잔뜩 해줘서 냉장고 한 구석을 차지하고 있었다. 너무 시어서 그냥 밑반찬으로 먹기엔 손이 가지 않았던 오이장아찌였는데, 느끼한 파스타와 먹으면 환상의 짝꿍이 되었다. 내가 먹을 면은 미리 건져놓은 뒤 피 여사의 치아를 생각해서 한참 더 면을 끓였다.

피 여사는 파스타를 입에 넣더니 오래 끓였어도 면이 굵고 딱딱하다고 툴툴거리면서도 맛깔나게 먹었다. 소스 하나 남기지 않고 숟갈로 싹싹 긁어 먹었다. 그릇마저 먹어 치울 기세였다. 피 여사의 얼굴엔 만족한 사람에게서 나타나는 너그러운 편안함이 보였다.

"어때요? 맛있죠?"

"뭐, 괜찮네."

피 여사가 음식에 불만을 나타내지 않고 만족을 표하는 일은 드문 일이었다. 피 여사는 아무리 식사가 근사해도 어떤 꼬투리를 잡곤 했다. 싱겁다느니 양념이 너무 들어갔다느니 뭐라도 흠을 찾아내는 데 도사였다. 만족과 행복을 스스로 거부하는 달인 피 여사가 이렇게 괜찮다고 할 정도면 훌륭하다는 뜻이었다. 피 여사의 만족감에 덩달아 만족스러워진 나는 괜한 농을 던졌다.

"이게 이탈리아 음식이니, 피 여사는 이제 이탈리아 할머니가 된 거예요."

"그게 무슨 소리냐. 나는 한국 사람이지."

"지금 먹은 이탈리아 음식 이름이 뭐라고 했죠?"

"몰라."

"피 여사가 아프면 허리랑 어깨에 붙이는 파스 있잖아요? 파스가 불에 탔어요. 그럼 뭐예요?"

"음, 몰라."

"파스타."

"파스타?"

"이게 뭐라고요?"

"파스타."

썰렁한 농담을 했지만 피 여사는 알아듣지 못했다. 피 여사에게 새로운 낱말을 발음하게 하더라도 몇 시간 지나서 물어보면 피 여사는 기억하지 못했다. 피 여사는 처음 접하는 낱말을 좀처럼 외우지 못했다. 다만 나는 기억했다. 피 여사는 느끼한 걸 좋아한다는 사실을.

대체로 여자들이 남자들보다 느끼한 요리를 더 좋아하는 경향이 있는 듯했다. 카르보나라나 치즈 떡볶이를 가장 좋아한다고 하는 남자는 많이 보지 못했다. 기분이 꿀꿀할 때 느끼한 음식을 먹으면 힘이 난다고 히는 성별은 내 주변의 경우 대개 여성이었다. 피 여사도 여성이었다. 하지만 피 여사는 나이 아흔이 넘어서야 치즈를 처음 맛봤다. 박 여사가 대형 매장에서 치즈를 사가지고 오면, 나는 피 여사의 죽에 치즈를 넣었다. 짭짤름하면서도 묘한 풍미의 치즈를 뜨거운 죽 위에 올리면 사르르 녹았고, 피 여사의 딱딱하게 굳어 있던 마음도 사르르 녹았다. 이렇게 치즈에 눈뜬 피 여사에게 크림파스타는 새로운 황홀경이었던 셈이다.

파스타를 좋아한다면 떡볶이도 좋아하지 않을까 싶어 떡볶이나 약간 매운 맛이 나는 파스타도 시도했다. 피 여사는 물렁물렁해진 떡볶이를 좋아했으나 잘 먹지 못했다. 잇몸과 입천장을 자극하는 매운맛에 괴로워했다. 젊은 사람들은 매운맛이 주는 타격감을 원하는데, 피 여사는 그걸 견딜 수 없어 했다. 피 여사는 매운 파스타에 물을 부어 먹었다. 나는 그 위에 치즈를 하나 얹어주었다.

타인과 함께 먹는 법

피 여사와 밥을 먹으면서 나의 식사 습관이 달라졌다. 예전엔 음식을 입에 넣고 다 씹지도 않은 채 삼키고는 다른 음식을 떠서 입에 가져다 넣었다. 누구 신경 쓸 것도 없었고, 얼른 배를 채우는 게 중요했다.

기억을 더듬어보면, 초등학교 시절엔 남자애들끼리 수업을 마치는 종이 울리자마자 급식실로 달려가 몇 분 만에 식사를 끝내고 운동장으로 달려가 축구를 하곤 했다. 중학교에 다닐 때 도시락을 먹을 때는 3교시에 미리 까먹고, 점심시간에는 운동장으로 달려 나갔다. 식사를 했다기보다는 음식을 입 속에 쑤셔 넣고 그냥 삼키듯 먹는 게 습관이 되어 있었다.

밥을 좀 천천히 먹으려고 다짐만 여러 번 했는데, 좀처럼 고쳐지지 않았다. 밥을 먹는 속도는 오랜 일상 속에서 누적되어 무의식중에 작동되는 버릇이었고, 하루아침에 의지만으로 쉽사리 고쳐질 수 없었다.

그런데 피 여사와 날마다 같이 밥을 먹으면서 속도가 차츰차츰 늦어졌다. 처음엔 예전처럼 서둘러 먹었다. 얼른 먹고 다른 할 일을 하겠다는 생각이었다. 그럴 때마다 피 여사는 "누가 쫓아오냐, 천천히 먹어라"라고 잔소리를 했다. 잔소리 때문에 딱히 속도를 늦추진 않았는데, 나 혼자 다 먹고 일어나서도 한참 동안 혼자 먹는 피 여사가 눈에 밟혔다. 나는 허기를 해소하는 데만 급급해하기보다 상대가 어떻게 먹었는지를 헤아리기 시작했다. 뒤늦게 나는 타인과 함께 먹는 법을 익혔다.

암묵의 통행금지

해 먹을 수 있는 건 많고 많았다. 찾아보면 세상은 요리의 천국이었다. 가락국수도 가끔 먹었다. 피 여사는 뜨끈한 국물을 음미했다. 모락모락 피어오르는 증기를 보면 피 여사의 어린 시절도 모락모락 지펴졌다. 80여 년 전 서대문형무소 앞에서 부모가 가락국수를 팔던 시절을 두서없이 이야기하곤 했다. 피 여사의 얘기를 들으면서 가락국수를 먹다가 맞장구를 쳐주고자 몇 가지 물음을 던졌다.

"그때 피 여사도 가락국수 같이 팔았어요?"

"내가 왜 팔아."

"가족이 장사를 하니까 일손을 도울 수 있잖아요?"

"나는 일찍 출근해야 하는데 어떻게 그러냐. 그리고 여자는 밤에 돌아다닐 수 없었어."

자영업을 하면 가족이 총동원되는 만큼 피 여사도 일손을 보탰을 것 같아 물었는데 뜻밖의 이야기를 들었다. 당시 십 대 청소년이었던 피 여사는 피복 공장에서 재봉사로 일하고 있었다. 한국의 수많은 십 대 여성이 재봉틀을 돌리면서 가정경제와 나라 경제를 일궜는데, 피 여사도 그 일원이었다.

그보다 더 놀라운 발언은 밤에 돌아다닐 수 없었다는 얘기였다. 피 여사는 부모가 가락국수를 팔았어도 막상 자기네 가게에서 가락국수를 먹지 못했다. 한밤에 남은 걸 가져오면 가끔 아침에 출근하기에 앞서 먹었다고 피 여사는 이야기했다.

과거엔 정부가 통행금지를 내리지 않았어도 여성에게는 암묵의 통행금지가 불문율처럼 부과되어 있었다. 여자들은 밤을 두려워했고, 땅거미가 지고 나면 좀처럼 돌아다니질 못했다. 밤의 유흥이란 여자들의 사전에는 등록되지 않은 단어였다. 피 여사는 평생의 밤을 집에서만 보냈다.

비타민이 필요해

피 여사의 잇몸에서는 피가 자주 났다. 아무래도 비타민 부족 같았다. 치아가 부실해 채소가 잘 안 씹혀서 피 여사는 채소 반찬을 먹지 못했다. 복합비타민제를 먹고 있었지만 그것만으로는 부족했다. 화장실에 가서 침을 뱉으면 피가 섞여 나왔고, 식사하다가 잇몸 사이에 음식이 끼면 몹시 아파했다.

채소뿐만이 아니었다. 웬만한 반찬은 씹어 먹기 힘들어했다. 피 여사는 자구책으로 배추와 양배추와 양파와 당근을 얇게 썰어서 푹 끓여 물크러지게 만든 뒤 죽과 함께 먹었다. 그런데 너무 아껴 먹었다. 피 여사는 자신에게 돈을 쓰거나 자신을 위하는 행동을 어색해했다. 피 여사는 반찬을 아주 조금씩밖에 먹지 않아서 잇몸 통증 개선에 썩 도움이 되지 않았다. 잇몸 질환에 도움이 되는 보조제를 먹고, 치주질환 전용 치약을 사용하는데도 효과는 신통치 못했다.

피 여사에겐 비타민이 필요했고, 과일은 비타민의 보고였다. 아침에 먹는 사과는 금사과라는 말이 떠올라 사과를 피 여사에게 권했다. 사과를 잘라놓아도 피 여사는 사과를 씹어 먹지 못했다. 몇 인 되는 치아로 사과를 갉아 먹는 모습이 애처로 웠다. 피 여사도 품에 비해 먹는 게 순조롭지 못하자 심통이 나서 사과를 먹지 않겠다고 선언했다. 사과는 손도 대지 않으려고 해서 내가 깎아달라고 하면 그때서야 과도를 손에 쥐고 사과를 만졌다.

나는 사과를 껍질이 있는 채로 3분의 1쯤을 잘라서 작은 숟가락과 같이 피 여사에게 건넸다. 피 여사는 숟갈로 사과를 긁어서 파먹었다. 다 먹고 나면 타원형의 사과 껍질만 덩그러니 남았다. 역시나 인간은 도구를 사용해야 했다.

피 여사는 바나나처럼 무른 과일을 좋아했다. 바나나도 하나를 다 먹지 않으려 했다. 병원에 입원해서 급식을 먹을 때 3분의 1 크기의 바나나만 줬다면서 딱 그만큼만 먹으려 했다. 피 여사는 병원을 순 사기꾼이라고 치부하면서도 병원에서 준 바나나의 크기가 적정량이라고 믿었다. 피 여사는 바나나를 더 먹으면 당뇨가 심해질 거라고 불안해했다.

바나나는 갈변되다가 물크러졌다. 나는 바나나가 갈변하면 껍질 벗긴 뒤 토막 내어 냉동실에 얼려두었다. 그리고 피 여사에게 한 토막씩 건네주곤 했다. 피 여사는 냉동된 바나나 토막을 입에 넣고는 녹여 먹였다. 피 여사의 바나나 얼음과자였다.

과일 사계절

봄에 딸기를 사 오면 씨가 잇몸 사이에 낀다면서 피 여사는 딸기를 향해 손을 뻗지 않았다. 여름에 수박을 사 오면 숟가락을 뻗어서 퍼먹었다. 피 여사는 검은 줄이 선명하고 배꼽이 작으며 두드렸을 때 청명한 소리가 나고 들었을 때 가벼운 수박을 사라고 나에게 귀띔했다. 나는 백화점 청과에서 일할 때 수박을 판 적이 있어서 피 여사의 말이 잔소리처럼 느껴졌지만 군소리 없이 맞장구를 쳐주며 들었다. 나는 수박을 사 오면 껍질을 미리 잘라 버리고 속의 과육을 토막 내어서 담아두고 먹었다. 밖을 안 나가던 나도 여름이면 사나흘에 한 번은 외출해서 수박을 사 왔다.

여름이면 30통 가까이 먹었다. 아침부터 저녁까지 꼬박꼬박 먹었다. 시원한 수박은 선풍기와 부채만으로 더위를 물리치지 못해 애먹을 때 든든한 지원군이 되어줬다. 하지만 꽤나 무거워서 집까지 나르는 데 애먹었다.

한번은 멀리 시장에 갔다가 산지에서 직송으로 가져온 트럭에서 수박을 두 통 샀다. 양손에 두 통을 들고 낑낑거리면서 집으로 걸어왔다. 크기도 굉장히 커서 팔이 후들거렸다. 장바구니라면 오른손으로 들던 걸 왼손으로 바꿔 들면서 피로를 덜수 있었지만 수박 두 통은 이러지도 저러지도 못했다. 그냥 땀을 뻘뻘 흘리며 걸어오는데, 그토록 집이 멀게 느껴지는 때가 없었다. 그래도 집에 돌아온 뒤 칼을 대자마자 수박이 쩍 하고 갈라지면 그간의 괴로움이 싹 가셨다. 피 여사는 내가 토막 내놓은 수박들에서 씨들을 골라내며 보조를 맞춰주었다. 더운 여름날, 피 여사와 나는 냉장고에 넣어둔 수박을 먹으면서 더위를 쫓아냈다.

수박과 함께 참외도 여름을 견디도록 도와주는 고마운 과일인데, 피 여사는 딱딱하다고 참외를 즐기지 않았다. 피 여사의 치아로는 참외의 과육이 부담스러웠다. 피 여사는 자신이 어릴 때는 청참외와 개구리참외만 있었다고 회상했다. 속이 노랗고 달달한 개구리참외는 요즘은 구하기 어려워졌다. 개구리참외가 한국의 주요 참외였는데, 일본에서 들여온 노란 참외로 대체되었다. 흥미롭게도 한국에 노란 참외를 수출한 일본에선 정작 노란 참외를 잘 안 먹는다고 한다.

여름에서 가을로 넘어갈 때면 포도를 먹었다. 특히 머루 포도를 피 여사가 좋아했다. 피 여사는 당이 높아질까 봐 딱 세 알만 먹었다. 피 여사는 절제력이 뛰어났다. 과일 안에는 조화성분이 있어서 인공으로 단맛을 내는 가공식품과 달리 괜찮다고 권해도 피 여사는 세 알만 먹고는 손을 뗐다.

겨울엔 귤을 먹었다. 피 여사는 귤 과육과 껍질 사이에 붙어 있는 하얀 것들을 다 떼어 내놓고 귤 과육을 감싸고 있던 얇은 막마저 조심조심 뜯어 벗기고는 알맹이만 먹었다. 피 여사는 귤들을 식탁에 대고 문질렀다. 귤을 문지르면 당도가 올라갔다. 피 여사는 한라봉이나 천혜향도 문질렀는데, 이 녀석들은 문지르는 게 힘들다고 낯설어했다.

화장실 문제 때문에 감 먹는 건 조심스러웠지만, 감의 유혹을 뿌리치기란 쉽지 않은 일이었다. 연시나 대봉이나 곶감을 사 오면 피 여사는 최선을 다해서 흡입했다. 피 여사는 어릴 때 자신의 할머니가 다락에다 대봉이나 곶감을 넣어뒀는데 몰래 자신이 꺼내 먹었다고, 묻지도 않았는데 이실직고했다. 피 여사는 빼먹을 때의 불안감이 되살아나는지 약간 상기된 목소리로 과거를 회고했다. 떳떳지 못한 행동은 시간이 지난다고 사라지지 않고 평생 기억의 언저리에 붙어 있다가 자신도 모르게 고백하게 되는 법이었다.

골드키위와 그린키위 그리고 망고

피 여사는 점점 과일을 먹기 힘들어했다. 사과를 긁어 먹지도 못했고, 포도와 귤도 안 먹으려 했다. 포도와 귤 알갱이도 씹히지 않아 피 여사가 안 먹으려 들자, 나는 큰마음을 먹고 골드키위를 사 왔다. 골드키위를 반으로 쪼개 안의 씨를 도려내고서 작은 숟가락을 주면 피 여사는 남김없이 알뜰하게 파먹었다. 끼니때마다 반 개씩 먹었다. 골드키위가 이틀에 세 개꼴로 사라졌다. 씨는 이 사이에 낀다고 먹지 않았다.

매장에서는 약간 오래된 과일을 싸게 팔았다. 나는 골드키위의 가격표가 바뀌기를 손꼽아 기다렸고, 날마다 매장에 가서 골드키위의 가격표가 새로 붙었는지 확인했다. 헛걸음을 몇 번 하더라도 기다리고 기다리면 가격이 내려갔다. 나는 가격표가 새로 붙은 골드키위를 싹쓸이해 갔다. 다 합해서 고작 몇천 원 싸게 산 것뿐인데도 할인해서 살 때는 짜릿했다. 사람들이 할인 광고에 왜 그토록 열광하고, 매장 문 닫기 전에 할인 판매를 하는 상품을 노리는지 공감됐다. 할인한 키위를 사다 보니 제값 주고 사는 게 아까웠다.

골드키위가 할인을 하지 않을 때면 가끔 그린키위를 사 오곤 했다. 그린키위나 골드키위나 겉보기엔 크게 다르지 않았다. 속 색깔이 다르고 맛이 좀 다른데, 피 여사는 이 차이를 놓치지 않았다.

"얘는 맛이 덜 달다."

"덜 달아요? 그래도 맛있죠?"

"녹색은 시금해. 노란 건 단데."

피 여사의 말에 뜨끔했다. 피 여사는 그린키위는 별로 먹으려 들지 않았다. 숟가락으로 몇 번 파먹다가 그냥 내버려둘 때도 있었다. 껍질이 아슬아슬하게 비칠 때까지 파먹던 골드키위와 확연하게 달랐다. 피 여사가 그린키위를 내려놓지 않고 그냥 먹도록 나는 그린키위를 약이라 생각하고 먹으라 하거나 화제를 전환하는 질문을 던지곤 했다.

"입이 다 망가져서 맛이 뭔지 모르겠다면서요?"

"입이 다 망가져서 맛도 모르고 먹지."

"맛을 모른다더니 키위의 맛은 잘 아네요?"

"맛이 다르니까 알지."

자신의 말에 모순이 있더라도 피 여사는 당당했다. 자신의 입이 망가져서 맛을 모른다는 것과 골드키위가 그린키위보다 더 맛있다는 건 피 여사에게서 양립했다. 자신의 입이 망가져서 맛을 모른다는 말은 미각이 손상되었다는 뜻이 아니라 자신은 먹는 기쁨도 모르는 노인네이니 동정심을 가지라는 요구 같았다.

피 여사는 한 숟갈 먹어보고 난 뒤 골드키위는 그냥 계속 먹었지만 그린키위일 경우는 자신의 손에 들린 키위의 색을 유심히 들여다봤다. 그린키위를 먹을 때면 골드키위를 먹었을 때와 표정이 사뭇 달랐다. 그린키위는 좀처럼 피 여사가 먹질 않아 내가 더 먹었다. 그래도 과일을 꾸준하게 먹였다는 데 나는 만족감을 느꼈다. 과일을 먹는 만큼 피 여사의 잇몸에서 피는 덜 났다.

하루는 망고를 사 왔다. 피 여사는 망고를 깎으면서 사 오지 말라고 버럭 소리를 질렀다. 이건 씨를 빼고 나면 먹을 게 없다는 거였다. 또 싸게 파는 망고를 사 와서 그런지 여기저기 뭉그러져 있었다. 커다란 씨를 빼고 물크러진 걸 도려내면 먹을 게 없다고 피 여사는 툴툴거렸다. 피 여사는 다 망가진 걸 가져왔다고 볼멘소리를 하면서도 망고를 잘 먹었다.

"그래도 잘 먹네요? 망고 맛있죠?"

"주니까 먹는 거지, 나는 맛도 모르고 먹어."

피 여사는 망고의 씨를 챙겼다. 그러고는 보행기로 끌고 조심조심 베란다로 나갔다. 거기에 자그마한 식물 공간이 있었는데 거기에 망고 씨를 파묻었다. 망고가 자라기를 기대했지만 망고는 싹도 나지 않았다.

최애 생선

피 여사와 하루 세끼를 같이 먹은 지 오래되었는데, 그동안 나는 피 여사가 뭘 좋아하는지 알지 못했다. 피 여사가 자신이 뭘 좋아한다고 얘기해준 적이 없기도 했지만, 나도 알려고도 하지 않았다. 그냥 밥을 차리고 반찬을 내어주고 같이 먹으면 할 일 다 한 것처럼 굴었다. 피 여사와 매일 밥을 먹었지만 피 여사가 좋아하는 반찬이 무엇인지도 몰랐다.

피 여사가 좋아하면서도 단백질이 풍부한 반찬을 찾아야 했다. 갈수록 근력이 약해지는 피 여사에게 단백질은 필수 영양분이었다. 나는 채식을 지향하기 때문에 육고기를 추천할 수 없었다. 더구나 육고기는 질겨서 피 여사의 입으론 먹기 힘든데다, 육고기를 먹으면 혈액순환이 저하되는지 피 여사의 다리에서 쥐가 났다. 피 여사의 종아리를 주무르면서 오늘 저녁에 뭘 먹었는지 묻곤 했다. 매번 쥐가 나는 것도 곤욕이라 피 여사는 점점 육고기를 멀리했다.

육고기 대신에 생선이 식탁에 올랐다. 생선을 찌거나 구우면 육고기처럼 질기지 않아서 피 여사가 좀 더 수월하게 먹을 수 있었디. 피 여시는 생선 한 마리가 구워져 상에 오르면 다른 반찬은 아예 먹지 않았다. 생선을 먹으면서 다른 반찬을 먹어도 되는데 그러지 못했다. 피 여사는 다채롭게 반찬을 먹으면 죄스러워했다.

피 여사는 생선을 다 좋아하는 편이었다. 그래도 나는 가장 선호하는 어류를 알고 싶었다. 생선을 사러 나갔다가 어물전에서 피 여사가 무슨 생선을 좋아하는지 몰라 한참을 서성였다. 그동안 피 여사의 안색을 살핀 결과 임연수랑 조기를 좋아하는 것 같았는데 장담할 순 없었다. 나는 부침개에 넣을 매생이만 사가지고 돌아와서는 피 여사에게 물었다.

"피 여사는 무슨 생선을 가장 좋아해요?"

"좋아하는 거 없어. 있는 거 그냥 먹는 거지."

"그래도 더 맛있는 게 있을 거 아니에요? 먹고 싶은 생선 없어요?"

"난 그런 거 없어. 생선이 거기서 거기지."

피 여사의 태도는 늘 이런 식이었다. 분명 자신의 취향과 선호가 있을 텐데, 적극 알리려 하지 않았다. 알아서 눈치껏 맞춰야 했다. 나는 좀 더 명확한 선호를 알고자 생선끼리 대결을 해보았다.

"갈치랑 고등어 중에 뭐가 더 좋아요?"

"좋긴 뭐가 좋아. 그게 그거지."

"그래도 두 생선 가운데 하나를 사야 한다면 고등어랑 갈치 중에 뭐?"

"갈치가 더 낫지. 갈치가 뼈가 많아서 손이 많이 가도 맛은 있잖아. 고등어는 비린내가 심해."

"그럼, 갈치랑 조기 중에 하나를 먹는다면 뭘 먹을 거예요?"

"그럼 조기가 낫지."

"임연수랑 조기 중에 하나를 고르면?

"임연수지. 임연수가 맛도 좋고 먹을 것도 많고."

장어나 방어나 광어나 민어나 전어 같은 생선은 피 여사가 먹어보질 못해서 아예 후보군에 들지 못했다. 피 여사는 임연수를 제일로 쳤다.

나는 피 여사가 임연수를 좋아한다고 피 여사의 아들들이 집에 올 때마다 알려줬다. 피 여사를 방문하러 올 때 피 여사가 먹지도 못하는 걸 사 올 바엔 임연수를 사 오라고. 임연수가 피 여사의 최애 생선이라고.

연어라는 행복

그런데 임연수의 권좌를 위협하는 맞수가 등장했다. 하루는 내가 기분도 낼 겸 근처의 작은 횟집에서 숭어회와 연어를 사 왔다. 피 여사는 숭어 한 점을 입에 넣어 오물오물하다가 잘 씹히지 않는지 뱉었다. 찡그린 얼굴을 한 피 여사의 젓가락이 연어로 향했다. 연어가 입 안으로 들어가자 피 여사의 왼쪽 눈이 동그래졌다. 감겨 있던 오른쪽 눈마저 뜨이는 것 같았다. 피 여사가 연어에 눈을 뜬 순간이었다.

"연어 맛이 괜찮죠?"

"질기진 않네"

나이 아흔을 넘어서 피 여사는 연어를 처음 먹었다. 피 여사는 연어 한 판을 세 끼에 걸쳐서 혼자 살뜰하게 먹었다. 연어를 먹을 때는 죽도 먹지 않았다. 피 여사는 텔레비전에서 연어를 잡는 불곰이 나오면 부러워하는 표정으로 바라보기 시작했다.

나는 피 여사가 연어를 좋아한다는 소식을 급히 전파했다. 이 정보를 입력한 둘째 아들은 피 여사를 보러 올 때면 연어를 사 오기 시작했다. 피 여사는 예전보다 둘째 아들과 더 가까워졌고, 더 챙기게 되었다. 연어는 이처럼 강력한 힘을 발휘했다.

피 여사의 생일에도 연어는 식탁 위에 올라왔다. 박 여사가 신경 써서 차린 게 많았는데도 피 여사는 연어만 먹었다. 다른 모든 요리도 연어에 비할 수 없었다. 먹는 즐거움이 사라졌던 피 여사에게 연어는 노후의 행복이었다.

하지만 연어의 행복은 그리 오래가지 못했다. 피 여사의 치아는 더욱 노쇠해져갔고, 연어도 씹히지 않는 지경에 이르렀다. 골드키위마저 손을 대지 않았다. 피 여사는 연어와 골드키위가 앞에 있어도 자신이 그렇게 좋아했다는 사실마저 잊은 듯 쳐다보지도 않았다. 마치 잊어야 하는 연인을 잊기 위해 독한 마음을 먹은 사람처럼.

배고프지 않으려는 인간

피 여사가 거동하지 못해 박 여사가 피 여사의 죽을 만들기 전까지 피 여사는 자신의 죽을 한꺼번에 많이 끓여놓은 뒤 조금씩 나눠서 먹었다. 그리고 김치 국물을 떠먹으면서 반찬 대용으로 했다.

외출할 때 나는 피 여사의 죽을 전기밥솥에 넣어놓은 뒤 잘 챙겨 먹으라고 하고 나갔다. 피 여사는 보행기를 끌고 냉장고에서 자신의 반찬을 꺼내놓고는 전기밥솥에 넣어 덥힌 죽을 꺼내어 먹었다.

같이 식사할 때면 피 여사의 수고를 덜고자 나는 숟가락과 젓가락을 깔아놓고 반찬 그릇을 꺼냈다. 죽 그릇을 전자레인지에 넣고 1분 동안 돌려서 내놓았다.

"배고프죠? 어서 드세요."

"나는 배고픈 거 몰라."

"식사 시간인데, 배가 고프지 않아요?

"나는 배가 안 고파."

"배가 안 고파도 맛있게 먹어요."

"입이 다 망가져서 뭔 맛인지도 모르고 먹어."

피 여사는 배고프다는 걸 드러내지 않으려 했다. 자신은 먹는 거에 연연하지 않는데 차려주니까 먹는다는 태도로 일관했다. 가끔 내가 식사 시간이 되어서도 무얼 하느라고 방에서 안 나오면 피 여사가 몸소 반찬을 꺼내놓고는 먼저 먹었다.

나는 뒤늦게 나와서는 "피 여사, 배고팠죠?"라고 물어도 "밥때가 되니까 먹는 거지, 나는 배고픈 거 몰라"라고 답했다. 피 여사는 배고프지 않으려는 인간이었고, 허기를 결코 내색하지 않는 인간이었다. 더구나 맛을 즐기는 것이 아니라 그저 최소한의 생존을 위해 먹는 금욕주의 태도를 고수했다.

피 여사의 태도는 나이가 들면서 식욕으로부터 자유로워진 모습이라고 할 수는 없었다. 오히려 억압된 모습이었다. 피 여사는 자신의 욕구를 밝힐 수 없는 사회 여건에서 살아왔기 때문에 원하는 바를 드러내지 못했다. 피 여사에게 뭐가 먹고 싶은지 물어도 먹고 싶은 게 없었고, 뭐 갖고 싶은 거 있냐고 물어도 자신은 갖고 싶은 것도 없다고 답했다.

가깝지만 가장 먼

한 명의 인간으로서 자신의 욕망을 타인에게 밝히지는 못했지만, 피 여사는 막상 택배가 오면 굉장한 호기심을 보였다. 배달된 것이 무엇인지, 먹을 거면 어떤 맛일지 궁금해했다. 그러면서도 먹고 싶으냐고 물으면 그냥 있으니까 먹는 거라고 답했다. 자신의 굽은 허리처럼 피 여사는 자신의 욕망을 억누르던 습성이 굳어져 있었다.

아무리 맛있는 요리를 먹어도 식사의 즐거움을 표현한 적이 없었다. 그저 먹을 때 잘 씹히지 않으면 불편을 호소했다. 재료를 아주 곱게 갈고 쌀마저 물에 불려 갈아도 피 여사는 깔깔하다고 투덜댔다. 갈망을 드러내는 데는 어색해했으나 불만을 표출하는 데는 능수능란했다. 비관과 부정의 말이 피 여사 입 주변에서 늘 대기 중이었다. 험난한 세상을 헤치고 살아오는 동안 피 여사에게 배어든 언어들이었다.

아무래도 이런 부정적인 태도가 강하다 보니 주변 사람들과 마찰이 생길 수밖에 없었다. 피 여사와 박 여사 그리고 나는 잘 지내다가도 가끔씩 분란이 생겨났다. 피 여사가 여러 볼멘소리를 하면 박 여사는 잘 받아주다가도 때때로 정색하면서 피 여사가 자신을 키울 때 했던 말이나 행동을 들먹이며 타박했다. 박 여사의 마음속 깊은 곳엔 피 여사에 대한 원망이 똬리를 틀고 있었다. 박 여사는 종교를 통해 엄마를 용서했다고 여겼지만 과거의 멍울이 눈 녹듯 사라지지는 않았다.

박 여사와 피 여사를 보면서 가족 관계를 생각했다. 가족은 다른 사람들보다는 더 가깝고 날마다 부대끼기 때문에 그만큼 서로에게 내상을 크게 입히는 관계였다. 가까이 지내지만 서로에게 더 다가가지 않고 기존의 관계 방식에 머무르기 때문에 가장 먼 관계이기도 했다.

박 여사는 밖에서 사람들과 어울리고 싶어 했고, 아들들은 놔두고 딸인 자신이 부모를 봉양하는 데에 불만이 있었다. 아무리 자식이라도 자식이 부모의 부속품은 아니었다. 더구나 박 여사 역시 악전고투하면서 살아오다가 이제 한숨 돌릴 여건이 되었는데, 자신의 생활을 포기한 채 늙은 부모를 모시는 데 전념하라고 어떤 누구도 강요할 수 없었다.

박 여사가 피 여사를 챙길 수밖에 없는 상황이기는 했다. 박 여사는 피 여사를 성실하게 챙기고 보듬는 가운데 종교인으로서 내색하지 않고 꾹꾹 참다가 피로가 쌓여 있거나 신경이 곤두섰을 때면 가슴속 깊은 곳에 감춰둔 속내를 흥분해서 표출했다. 피 여사에게 따따부따 쏟아부은 박 여사는 죄책감에 시달렸다. 피 여사를 몰아세울 당시엔 약간 후련했겠지만 이내 자괴감이 후폭풍처럼 들이닥쳤다. 박 여사는 피 여사의 가엾은 인생이 떠올라 더 자책했다.

　박 여사는 자식으로서 부모를 섬기는 의무를 하고 있을 뿐이었다. 의무란 늘 그러하듯 힘들고 고된 부담이었다. 박 여사는 늙은 부모를 보살피는 일을 자신이 짊어져야 할 십자가로 여겼다.

모녀, 해묵은 애증의 관계

　아무리 화목한 가족이더라도 몇몇의 좋지 않은 기억이 있기 마련이다. 마음의 나이테를 되돌아보면 어딘가에 옹이가 있다. 사람들은 그동안 잘 자란 자신의 줄기와 잎사귀를 바라보기보다는 그 몇몇의 옹이에 사로잡혀 삶을 탕진한다. 이건 가끔 비가 온다고 해서 수없이 화창했던 나날을 통째로 부정한 채 하늘이 짓궂다고 원망하는 꼴이나 다름없지만, 다들 긍정적인 면보다 부정적인 면을 더 크게 받아들이면서 가족에게 받은 상처를 끌어안고 평생을 끙끙댄다.

　특히 부모 자식 사이는 인류사 내내 서로 상처를 주고받는 관계였다. 오죽하면 전생의 원수가 현세의 자식으로 태어난다는 말도 있을까. 조부모와 손녀 손자 사이는 부모 자식 관계보다 훨씬 더 괜찮은 경우가 많다. 아마도 한 세대를 건너뛰면서 부모 자식 사이의 너무나 끈적끈적한 집착이 누그러지면서 적당히 끈끈한 애착 관계를 형성하기 때문일 것이다. 또한 서로에 대한 기대가 한결 줄어들면서 적절히 거리감을 갖고 애정어린 태도로 대하기 때문일 것이다.

박 여사는 받은 것도 별로 없는 자신이 엄마 모시는 걸 억울해했고, 피 여사 역시 아들들이 있는데도 딸에게 얹혀사는 신세를 한탄하면서 자기 불만을 딸에게 전가했다. 피 여사의 부정적인 감정이 박 여사에게 속속들이 전해졌고, 박 여사는 괴로워하면서 제발 불평불만 좀 하지 말라고 짜증 냈으며, 피 여사는 내 이야기를 누가 들어주느냐면서 섭섭해했다.

피 여사는 딸에게 고마움을 느끼면서도 불만이 많았다. 박 여사 앞에서는 뭐라고 하지 못한 채 눈치를 보다가도 나와 단둘이 있을 땐 불평을 했다. 피 여사의 말에 따르면, 아픈 어미를 놔두고 만날 밖으로 돌아다니는 딸이 잘못하고 있다는 것이었다. 때로는 격분이 일어나 딸의 면전에서 성토하기도 했다. 물론 피 여사는 박 여사와 있을 때면 나에 대한 서운함과 섭섭함을 토로했다. 자리에 없는 사람을 흉보는 건 인간의 본능 같았다.

박 여사는 피 여사를 배려하면서 자신을 희생하면 속이 문드러졌고, 피 여사를 외면하면 극심한 죄책감에 시달렸다. 박 여사로선 진퇴양난이었다. 박 여사는 자신의 부덕과 피 여사에 대한 소홀함을 뉘우치면서 회개 기도를 열심히 드렸지만, 진퇴양난의 상황을 해결할 뾰족한 수는 보이지 않았다.

박 여사와 피 여사를 보면서 서로에게 실망하고 상처도 주고받는 세상의 모녀들이 떠올랐다. 세상에 모녀 관계처럼 끈적끈적한 애증이 또 있을까? 모녀 관계란 깊고 진한 끈끈함 속에 서슬 퍼런 칼날이 날아다니는 해묵은 애증의 관계이다. 세상의 수많은 딸들이 엄마 이야기를 하다가 울음보를 터뜨리곤 한다.

딸은 엄마와 내밀한 상처를 주고받는다. 엄마에게 강렬한 애정을 느끼는 만큼 엄마의 말투와 표정과 행동에 상처를 받고, 자기 또한 엄마에게 못되게 굴면서 엄마의 가슴에 대못을 박는다. 딸들은 엄마에게 미안해하면서 미워하고, 마음속엔 가시를 품은 채 긴밀하게 지낸다.

엄마처럼 살고 싶지 않다는 염원을 갖고 살아온 박 여사였지만 피 여사보다 더 평탄하고 행복하게 살지는 못했다. 수많은 딸들이 "엄마처럼 살고 싶지 않았어"라고 되뇌더라도 엄마와 거의 판박이처럼 살듯, 엄마가 드리우는 그림자는 짙고 짙었다.

모녀 관계의 복잡함을 이해하려고 노력하지만 고마움과 자책으로 범벅된 감정을 남자로서 온전히 이해하기란 쉽지 않은 일이다. 남자들은 엄마를 그저 희생의 대명사처럼 만든 뒤 죄송함에 울컥할 뿐이다.

가족끼리 잘 지내기란

피 여사와 박 여사의 갈등은 나와 박 여사의 불화처럼 부모
와 자식 사이의 자연스러운 대립이기는 했다. 부모와 자식은
가장 가깝지만 바로 그렇기 때문에 서로 다투면서 알맞은 거
리감을 찾아내야 하는 관계다. 부모와 자식이 서로에게 집착
하면서 지나치게 기대할수록 실망이 산사태처럼 일어나기 마
련이다.

여느 부모들이 그러하듯 박 여사는 자식에 대한 기대가 컸
다. 남편에 대한 실망을 자식을 통해 만회하려고 했고, 모든 관
심과 열정을 자식에게 쏟았다. 나름 여러 면에서 범상치 않은
면모를 보였던 나였기에 박 여사는 내가 남 보란 듯 괜찮은 직
장을 다니면서 출세하고 결혼해 잘 살길 기대했고, 그렇게 될
줄 믿었을 것이다.

그런데 나는 군대를 갔다 온 후 취업할 생각은 없이 여기저
기 돌아다니다가 은둔형 외톨이처럼 방에 틀어박혀서는 책만
읽었다. 박 여사는 남다르게 비범하다고 믿었던 자식이 알고
보니 남들과 달리 이상하다는 걸 인정하지 못해 속이 타들어

갔고, 불안이 끓어넘칠 때면 나에게 염려 섞인 잔소리를 퍼붓곤 했다. 나는 내가 바라는 삶의 방향이나 모습을 박 여사에게 납득시킬 수 없었고, 책을 출간해서 보여줬으나 박 여사는 몇 장 읽다가 덮어버렸다.

박 여사의 기대를 채워주지 못해 미안했지만, 어쩔 수 없는 일이었다. 박 여사는 실망감에 속앓이를 오래 했는데, 나는 건방지게도 그것을 성장통이라고 여겼다. 내가 더 성장해야 하듯 박 여사 역시 더 성장해야 한다고 생각했으니, 박 여사가 나를 괘씸하게 여겼을 수밖에 없었다.

박 여사와 나는 세대 차이가 있는 만큼 살아온 환경이 다르고 그에 따라 삶의 목표나 태도가 달랐다. 이와 비슷하게 피 여사와 박 여사의 갈등도 시대 환경이 빚어낸 면이 있었다. 성차별이 여전했으나 차츰차츰 완화되던 시기에 고등교육을 받았던 박 여사의 성장 환경은 여자아이라고 학교에 보내지 않으려 했던 피 여사의 성장 환경과 사뭇 달랐다. 모녀는 다른 배움과 다른 감각과 다른 욕망과 다른 행동 방식을 갖고 있었다.

피 여사는 그래도 부모가 자식보다 더 낫다고 생각했다. 비록 자신이 배운 게 없어도 자식을 밑으로 여겼다. 피 여사가 딸에게 잔소리하며 가르치려 들면 박 여사는 구닥다리 훈수라고 지겨워했고, 피 여사는 자식 길러놨더니 부모를 우습게 여긴다며 서운해했다. 이런 대립은 박 여사와 나 사이에서도 거의 비슷하게 되풀이되었다. 나는 박 여사가 나에게 잔소리를 하려고 할 때면 피 여사가 잔소리할 때 박 여사가 어떻게 응수했는지 상기시키곤 했다.

한편 피박 여사와 살면서 곁에서 관찰해보니 불안과 공포가 이들의 정신에 각인되지 않았나 싶었다. 나는 태평하기 짝이 없는 반면 피박 여사는 불안해하는 경우가 많았다. 박 여사는 한국전쟁 끝자락에서 태어났기 때문에 피 여사가 전쟁 통에 겪었던 불안과 공포를 고스란히 전해받았다. 전쟁 중에 태어난 아이들의 성격이 느긋하고 둥글둥글하다면 그게 더 희한한 일이긴 할 터다.

앞 세대들의 불안한 성격과 물질에 대한 집착은 전쟁 난리 속에서 생존하기 위함이었다. 부자가 천국에 들어가는 일은 낙타가 바늘구멍에 들어가는 일보다 어렵다고 예수는 가르쳤다. 예수의 말을 간단명료하게 풀어내면 부자는 천국에 못 들어간다는 것이다. 하지만 예수를 믿는다는 박 여사는 부자가 되고 싶어 했다. 천국의 구원을 바라면서도 현세에서의 부유함을 욕망하는 박 여사의 모순된 태도는 기이하지만 불가피한 면이 있었다. 그만큼 한국 사회는 살기 힘들었고, 종교에 의지해 수많은 사람들이 간신히 생을 버텼다.

피박 여사와 지내는 시간이 많은 만큼, 앞 시대를 생각했다. 그 덕에 앞 시대 사람들의 특징을 조금 더 이해하게 되었으며,

모녀 사이의 격렬하고도 끈적끈적한 속내를 조금이나마 엿볼 수 있었다.

장편소설 같은 파란만장

　나이 드는 일은 서럽고 서글프다. 노인이 되면 천덕꾸러기 신세가 된다. 유교 문화권에서 효도를 으뜸가는 덕목으로 내세운 까닭은 그저 가만히 놔두면 사람들이 부모 공경을 하지 않았기 때문이 아니었을까. 효성이 자연스러운 일이라면 굳이 어려서부터 훈육시킬 필요가 없었을 것이다.

　나는 피 여사를 곁에 두었던 만큼 노인에 대한 기사에 눈길이 갔고, 책을 찾아 읽으면서 노인 문제가 심각하다는 걸 알게 되었다. 노인이 처한 상황은 젊은이들이 감각할 수 없는 사회 문제였다. 무료 급식소에 가서 밥을 얻어먹는 사람은 그나마 나은 형편인지도 모른다. 찬밥에 물을 부은 뒤 홀로 끼니를 때우는 노인들이 얼마나 많을지 짐작할 수조차 없다. 자식들에게 버림받거나 여러 이유로 홀로 허기와 아픔을 견디는 독거노인들이 골목골목마다 숨어 있다. 그들의 가슴마다 얼마나 깊은 회한이 있을까. 그들은 얼마나 사무치는 가슴을 부여잡으면서 이 생을 견디고 있는가.

　인간 모두는 장편소설 같은 파란만장한 삶을 살기 마련이고, 누구의 삶이든 경청하고 존중할 구석이 있다. 여태껏 위인전만 들여다봤다면, 이제 평범한 사람들의 일대기를 들여다보고 싶었다. 그래서 나는 피 여사의 삶을 경청하면서 그녀의 일대기를 간략하게나마 글로 정리했다.

많은 노인들이 그러하듯, 평소에 피 여사는 의식의 흐름대로 이런저런 이야기를 많이 했다. 이야기보따리를 품에 안고 있었고, 상황에 따라 내가 듣거나 말거나 하나씩 꺼내곤 했다. 예전부터 거푸 듣던 이야기들이라 식상했지만 피 여사의 인지 기능이 더 떨어지지 않도록 나는 처음 듣는 것처럼 맞장구를 쳐주었고, 피 여사는 신이 나서 자신의 일대기를 펼쳤다.

2부 * 피여사

할머니 덕분에 살았다

피영숙은 1925년에 태어났다. 3·1운동이 일어나고 6년이 지났을 때였다. 태어난 곳은 고양군이었다. 지금은 100만 명이 넘게 사는 고양시가 되었지만 당시 고양은 한적한 시골이었다.

피 여사에겐 네 살 많은 언니가 있었다. 피 자매는 서로 의지했다. 피 여사는 언니가 겪은 결혼 생활이나 시련을 마치 자신의 고통과 비애처럼 여겼다. 피 여사가 토로하는 얘기를 귀담아듣다 보면 언니의 사연일 경우가 많았다.

피 여사는 태어났을 때 환영받지 못했다. 피영숙의 언니가 태어나고 2년 뒤 아들이 태어났으나 얼마 살지 못하고 죽었다. 그리고 2년이 지나 피영숙이 태어났다. 피영숙의 할머니가 친정아버지 초상이 나서 한동안 친정에 간 사이 며느리가 피영숙을 낳았다. 돌아온 피영숙의 할머니는 며느리에게 "딸 낳아서 뭐 하느냐"라고 매섭게 쏘아붙였다. 가부장제 아래에서 아들을 낳으라고 여자가 여자를 핍박하던 시절이었다. 피영숙의 어머니는 자신의 시어머니가 한 얘기에 상처받고 딸이 컸을 때 시어머니 뒷말을 하며 들려주었고, 피영숙은 자신의 탄생 일화를 평생 쓰라리게 기억했다.

그런데 할머니에 대한 피 여사의 감정은 예상 밖으로 좋았다. 첫 손자가 죽고 난 뒤 자신이 태어났고, 할머니가 친정아버지 초상을 치르고서는 속상한 나머지 홧김에 한 말이라 이해할 수 있다고 했다. 피 여사는 자신이 환영받지 못했던 상황을 언급하고 나면 곧이어 미움을 누그러뜨리는 다음 일화를 덧붙였다.

하루는 갓난쟁이 피영숙이 젖도 먹지 못하고 열이 나면서 세상 떠나가라 울어대기만 했다. 다들 어찌할 줄 몰라 할 때 피영숙의 할머니는 서울 사는 사위를 찾아가 사정을 이야기했고, 사위는 용하다는 약제사에게서 약을 지어 장모에게 가져다주었다. 피영숙의 할머니는 사위가 가져온 약을 갖고 부랴부랴 돌아왔으나 이미 사방이 어두웠다. 집으로 가려면 산을 넘어야 했다. 산은 높지 않아도 골이 깊었다. 호랑이는 없었어도 여우와 멧돼지가 출몰했다.

할머니는 인근에 알고 지내는 가정집을 두드리고는 손녀가 죽어가고 있어서 이 약을 얼른 먹여야 한다며 동행을 간절하게 요청했다. 한밤중에 문 두드리는 소리에 집 밖으로 나온 사람은 인심 좋게 호롱불을 켜고 피영숙의 할머니와 함께 산을 넘어주었다. 할머니가 집에 도착해보니 갓난쟁이 피영숙이 울지도 못한 채 파랗게 질려서는 헐떡대고 있었다. 할머니가 약을 먹이자 갓난쟁이 피영숙의 얼굴에 화색이 돌기 시작하더니 숨을 고르게 쉬었다. 그 뒤로 할머니는 "남동생 봐라. 남동생 봐라" 하면서 갓난쟁이 피영숙을 귀여워했다. 피영숙이 건강하게 잘 자라면 그 뒤로 남동생이 태어날 걸 기대하면서 아껴준 것이다.

피 여사는 할머니 덕분에 자신이 살아 있다고 생각했다. 탄생하면서 축복받지 못했던 상처는 자기 목숨을 살려준 할머니의 정성으로 어느 정도 치유된 것 같았다. 과거엔 한 해를 못 넘기고 수많은 아기들이 죽어갔다. 피 여사는 주변 사람들을 상대로 험담을 발사하고는 했지만 자신의 할머니는 예외였다.

할머니가 꼬마 피영숙을 귀여워했다고는 하나 "계집애가 학교에 다녀서는 뭐 하느냐"라며 학교에 보내지는 않으려 했다. 이미 언니가 학교를 짧게 다니다 그만둔 상황이었다. 먼 길을 걸어서 학교를 다니던 언니는 방과 후에 가을 운동회 준비를 하다가 허둥지둥 집으로 가려는데 이미 해가 져서 캄캄했다. 어두워진 산길이 무서웠던 여덟 살 언니는 길 초입에서 울먹였고, 윗집 할아버지가 장에 갔다가 돌아오는 길에 마주친 언니를 집까지 데려다줬다.

계속 학교에 나가다가 애 잡겠다고 할머니가 학을 떼었다. 그 뒤로 학교에 다니지 못하게 됐다. 학교생활은 그렇게 끝났다. 당시에 많은 아이들이 그러했듯 언니는 집안일과 농사일을 했다. 그래도 틈틈 동네 야학을 다니면서 한글을 익혔고, 글을 읽지 못하는 마을 할머니들에게 이야기책을 읽어주었다. 피 여사는 언니의 배우지 못한 서러움을 마치 자신의 이야기처럼 늘어놓곤 했는데, 피 여사의 학교생활도 별반 다르지 않았다.

학교에 가고 싶어서

꼬마 피영숙이 학교에 들어갈 나이가 되었을 무렵에 피영숙의 아버지는 금광을 개발한다고 강원도 일대를 돌아다녔다. 한밤에 왔다가 새벽같이 나가기 일쑤라 자식들은 아버지 얼굴을 1년에 한두 번 봤다. 오죽했으면 피영숙의 남동생이 저녁 무렵에 마을 입구에서 기다리다가 들어오는 남자 어른을 아버지라고 부르며 안긴 일도 있었다. 그 남자는 "나는 네 아버지 아니다"라면서 매달리는 남동생을 떼어낸 뒤 집까지 데려다주었다.

아버지의 부재는 피 자매들의 삶에도 심대하게 영향을 미쳤다. 여자라고 학교를 못 다녀서 한이 있었던 피영숙의 여동생은 이북으로 넘어가 교육을 받았고, 인천에서 온 남자와 결혼했다. 이러한 소식을 여동생이 북한으로 간 지 반세기가 훌쩍 넘어서야 피 여사는 알게 되었다. 여전히 20세기처럼 총부리를 겨누는 남북한이었고, 정부에서 주관하는 남북 이산가족 교류로 만날 수 있는 숫자는 한정됐지만, 돈이면 안 되는 게 없는 21세기였다. 피 여사 형제자매들은 중국에서 이북으로 간 여동생을 만났다. 여동생은 북한에서 고생을 많이 했기 때문인지 자신의 언니 오빠들보다 더 늙어 있었다. 여동생은 슬픈 얼굴로 아버지에게 정이란 걸 받아본 적이 없다고 잘라 말했고, 다른 자매 형제들도 고개를 끄덕였다.

피 여사의 어머니는 피 여사를 낳은 뒤 아들을 낳았고 다시 딸을 낳은 뒤 또 아들을 낳고는 또 딸을 낳았다. 과거엔 다들 이 정도로 낳았다. 돌도 못 넘기고 죽은 오빠를 제외하면, 피 여사는 4녀 2남 가운데 차녀였다.

아버지가 늘 집에 없었기 때문에 집안의 실권은 할머니에게 있었다. 남자란 모름지기 배워야 한다면서 할머니는 일찌감치 피 여사의 남동생에게는 한문이며 여러 가지를 배우게 했고, 남동생은 1년 일찍 학교를 다니고 있었다. 장녀도 학교를 그만둔 마당이니 차녀가 학교 가는 걸 할머니는 강하게 반대했다. 꼬마 피영숙은 학교를 다니지 못하는 상황을 억울해했다.

그나마 좋은 소식이 있었다. 마을 인근의 소학교가 새로 생겼다. 언니처럼 산을 넘어서 먼 길을 가지 않아도 되었다. 때마침 일이 생긴 할머니는 한동안 서울에 가 있었다. 그러는 와중에 꼬마 피영숙은 암팡지게 학교에 가서 시험을 치렀다. 가족이 어떻게 되느냐, 몇 살이냐 등의 질문에 답을 하는 구두시험이었다. 꼬마 피영숙은 쭈뼛거리면서도 질문에 또박또박 답변했고, 학교에 다니게 되었다. 할머니가 돌아왔을 땐 꼬마 피영숙에게서 학교를 떼려야 뗄 수 없었다. 뭐라고 나무랐지만 그 만두게 하지는 못했다.

늦게 입학한 꼬마 피영숙은 말하고 쓰는 데 총기를 발휘해서 학기 도중에 월반했다. 남동생과 같은 학년이 되었다.

일자무식에서 벗어나다

꼬마 피영숙이 다닌 학교는 일본인 교장과 조선인 선생이 가르쳤다. 교장 이름은 나카무라였고, 조선인 선생은 임씨였다. 민족말살정책이 펼쳐지고 있을 때라 조선말은 일주일에 한 시간밖에 안 가르쳤고, 일본말만 사용하게 했다. 학교에서 조선말을 쓰면 벌점을 줬고, 벌점이 쌓이면 회초리로 종아리를 맞았다.

꼬마 피영숙은 학교를 4학년까지 다니고 졸업했다. 당시 소학교는 4학년까지 있었다고 피 여사는 회고했다. 중학교는 꼬마 피영숙과 남동생 모두 진학하지 못했다. 꼬마 피영숙은 도중에 월반했으니 실제로 학교를 다닌 시간은 고작해야 3년이었다.

꼬마 피영숙은 3년 동안 학교를 다니면서 어느 정도 글자를 쓸 수 있었고, 일본어 인사말도 아주 약간 했다. 하지만 맞춤법에 자신 없어 했다. 그럼에도 자신의 어머니나 할머니처럼 일자무식에서 벗어난 걸 꼬마 피영숙은 다행으로 여겼다.

강제징용된 남동생

아버지가 금광을 한다고 돌아다니다가 논밭을 다 팔아먹고 가세가 기울었다. 가족은 서울로 이사 왔다. 소녀 피영숙의 부모는 서대문 형무소 앞에서 가락국수를 팔았다. 형무소의 간수나 면회 오는 사람들이나 지나가는 사람들이 가락국수를 사먹었다.

소녀 피영숙은 피복 공장에 들어가서 군복을 만들었다. 피복 공장에서 일한 건 돈을 벌기 위함이기도 했지만 동시에 정신대에 끌려가지 않으려는 방책이었다. 십 대 소녀들이 정신대로 마구잡이로 끌려간다는 소문으로 민심이 흉흉했다. 당시엔 정신대와 위안부 명칭이 구분되지 않은 채 정신대로 불렸다. 정신대에 끌려간 여자들은 노동 착취를 당했고, 위안부는 일본 군인들의 성노예가 되었다. 피영숙은 징용되지 않았으나 게다 공장에서 일하던 남동생은 끌려갔다.

"왜 남동생은 징용되었는데 피 여사는 정신대에 끌고 가지 않은 거예요?"

"나는 군복을 만드니까 안 끌고 간 거지. 게다는 전쟁할 때

별로 필요하지 않으니까 끌고 간 것 같아."

"그래요? 여하튼 남동생과 생이별해서 슬펐겠네요."

"오촌 아저씨가 도와주면 안 끌려갈 수 있었다는데, 집에 돈이 없어서 돈을 못 줬어."

열일곱 남동생이 끌려간 지 1년이 채 안 되어 태평양전쟁이 끝났다. 측량 기사의 조수가 되어서 측량판을 들고 여기저기를 돌아다녔던 남동생은 일본의 패망과 함께 꿈에 그리던 고향으로 다시 돌아왔다.

남동생은 그나마 다행인 경우였다. 엄청난 수의 조선인들이 몸과 마음을 다쳐서 귀국하거나 아예 돌아오지 못했다. 그 가운데 원자폭탄 후유증 피해자들도 있었다. 미국은 일본에 두 번의 핵탄두 공격을 가했다. 일본에 있다가 귀환한 사람들 가운데 원폭 피해를 입은 사람들이 적지 않았다.

남자가 덩치가 있고 키가 커야지

어려서부터 어머니와 할머니 어깨 너머로 바느질을 배웠던 피 여사는 십 대 시절부터 공장에서 재봉틀을 돌렸다. 세 살 버릇 여든까지 간다고 피 여사는 거의 평생 옷을 수선하고 바느질을 했다. 피복 공장에 다닐 때는 주로 군복을 만들었는데, 군복은 아랫도리보다 윗도리를 만드는 게 더 어려웠다. 아랫도리 만들던 조가 일찍 할당량을 끝내면 윗도리를 만드는 조를 도와 윗도리를 만들었다.

직공 피영숙은 업무를 잘해 일본인 남자와 조를 이루게 됐다. 남자의 이름은 다케미야였다. 일본인 남자와 같이 일했다 하니 민족과 국가와 계급과 적대를 넘어서 심금을 울리는 사랑 이야기가 피 여사에게도 있지 않았을까 싶었다. 혹시나 싶어서 피 여사에게 물었다.

"그 일본인 남자는 어땠어요? 괜찮지 않았어요?"

"괜찮긴, 키가 땅딸막해."

"키가 좀 작아도 야무지고 근면 성실하면 되지 않아요?"

"남자가 덩치가 있고 키가 커야지."

100살을 향해가는 할머니가 남자는 키가 커야 한다고 설파했다. 확고한 남성관에 웃음이 슬금슬금 났다. 피 여사는 자그마했다. 젊은 시절엔 키가 평균 정도였을 텐데, 나이를 먹으면서 작아졌다. 허리가 고부라졌고, 목은 거북목이 되었다. 피 여사의 키는 생의 무게에 눌리면서 줄어들어갔다. 젊은 피영숙은 자신이 삶에 짓눌려 작아질 걸 예감이라도 했는지, 삶의 무게를 나눠 짊어질 수 있는 풍채가 좋고 힘이 센 남자를 원했다.

하지만 상황은 악화일로였다. 일본은 패망으로 가고 있었고 막판에 발악하듯 수많은 젊은 남자들과 여자들을 전장으로 끌고 갔다. 사태가 더 심각해지면 피복 공장 직공도 정신대에 갈 수 있다는 우려에 피 여사는 서둘러 시집을 갔다. 피영숙의 나이 스무 살이었다.

예쁘고 아름다운 새색시

새댁 피영숙이 시집가보니 딸 넷에 아들이 하나인 집이었다. 시아버지는 돌아간 지 꽤 되었고 시어머니는 오늘내일하면서 몸져누워 있었다. 그런데 며느리가 생기자 놀랍게도 시어머니는 병상을 박차고 일어났다.

큰시누는 딸 하나를 맡긴 채 재가한 상태였다. 둘째 시누는 남편이 싫다고 아들 하나를 데리고 와 있었다. 둘째 시누는 낮에는 채소를 팔았고 밤에는 술집에 나갔다. 며느리가 생기자마자 자리를 떨치고 일어난 시어머니는 둘째 딸이 채소 장사할 때 일손 보태러 따라나섰다가 병이 도졌다. 중간에 태어난 피영숙의 남편은 뚜렷한 직업 없이 의뭉스럽게 여기저기를 돌아다녔다. 셋째 시누는 버스 차장으로 일했다. 차장은 버스 안내양이라고도 불렸다. 과거엔 주로 젊은 여자가 승객의 차표를 검사하는 일을 했었다. 아직 어렸던 막내 시누는 집에서 언니들의 자식들을 돌봤다.

남편은 중국과 만주를 돌아다니면서 사진을 찍었다고 하는데 무슨 사진을 찍었는지 새댁 피영숙은 한 번도 남편의 사진이나 사진기를 보지 못했다. 새댁 피영숙은 남편의 사정을 자세히 알지 못했다. 중매혼이었고, 결혼하기 전까지 시댁 근처는 와보지도 못했다. 시댁은 세를 받으면서 하숙을 치고 있었는데, 새댁 피영숙이 시집오자 세 들어 살던 아주머니가 안쓰러워했다.

"내가 시집가니까 그런 말을 해주더라고. 결혼하기 전에 한 번이라도 왔으면 자신이 귀띔이라도 해줬을 거라고."

"뭘 귀띔해줘요?"

"그러니까 결혼하지 말라고 귀띔해주고 싶었겠지."

"왜 그런 말을 해주려고 했을까요?"

"예쁘고 아름다운 새색시가 와서 고생만 하는 거 보니까 안타까웠겠지."

피 여사는 결혼한 지 벌써 반세기를 훌쩍 넘어갔는데도 여전히 시집 식구들의 못난 점을 구구절절 늘어놓으면서 콩가루 집안이라고 악담했다. 피 여사는 시어머니가 일찍 죽어서 고부 갈등은 오래 겪지 않았겠으나 짧은 기간 통렬한 충격을 받았다.

시어머니가 돌아가시고 얼마 지나지 않아 추석이 되었다. 새댁 피영숙은 집에 쌀이 좀 있어서 떡을 해가지고 작은 시어머니 댁에 갔다. 작은 시어머니는 "살면서 자네네 음식 처음 얻어먹어보네"라고 했다. 새댁 피영숙이 시집간 집은 큰집이 없는데, 작은집과 8년 동안 의절하다시피 지냈다. 시어머니가 못됐기 때문에 큰집과 작은집이 사이가 안 좋았다고 피 여사는 말했다. 새댁 피영숙이 시집오기 전, 작은 시어머니가 큰댁을 찾아오자 시어머니가 음식 하나 내주지 않고 감췄다면서 피 여사는 마치 자신이 작은 시어머니인 것처럼 감정 이입해서 나에게 들려주었다.

새댁 피영숙의 시어머니가 인덕이 넉넉한 사람 같지는 않았지만, 일제강점기엔 대다수가 하루하루 버겁게 살았다. 자기 식구들도 먹을 게 부족한 상황에서 음식을 감춘 시어머니를 박정하다고 손가락질하기는 좀 머쓱했다. 열악한 환경이라고 모든 인간이 일그러지지는 않겠으나 환경이 열악하면 다수의 인간이 일그러지기 십상 아닐까.

작은 시어머니는 피영숙 결혼식 때 식사도 안 하고 돌아갔다고도 알려줬다. 축하해주러 왔는데 피영숙의 시누들이 작은집 식구들을 보면서 얻어먹으러 왔다고 비아냥거려서 작은집 사람들은 빈정이 상해 식사도 안 하고 자리를 떴다. 이웃보다 못한 원수 같은 친척지간이었다.

행복과 고통의 총량

나는 피 여사를 통해 앞 시대 사람들을 조금 더 입체적으로 이해하게 됐다. 그전까지는 왜 저렇게 옹고집에다가 억세고 난폭한 말투를 쓰는지 의아해하면서 그들을 일면적으로 납작하게 바라봤었다. 그들의 우악스러움은 앞 시대 사회 환경의 반영이었다. 다정함과 순진함은 온실 속에서만 유지되는 법이었다.

과거엔 빈곤이 사람들의 몸과 마음에 덕지덕지 들러붙어 있었다. 사람들은 하루 세끼 쌀밥을 소원했다. 죽음과 병치레가 일상이었고, 환자 없는 집이 없었다. 새댁 피영숙이 시집간 집도 그러했다. 시어머니가 몸져누웠고 조카들도 아팠다. 당시 충분한 돌봄을 받은 아이가 얼마나 되겠냐만, 큰시누가 놓고 간 딸은 거의 방치되다시피 했다. 똑똑지 못한 데다 부모의 애정을 받지 못해서 그런지 늘 주눅이 들어 있었고, 몸집도 자그마했다. 새댁 피영숙이 시집오기 전부터 조카딸은 눈칫밥을 먹으면서 구박받았다.

조카가 딱했던 새댁 피영숙이 하루는 자신의 밥을 한 숟갈

떠서 조카 밥그릇에 퍼주고는 밥상을 들고 들어갔다. 그러자 막내 시누가 "어른이나 애나 밥이 똑같은 게 말이 되느냐" 하면서 딴죽을 걸었다. 새언니 피영숙은 자기 밥을 준 것이니까 시비하지 말라고 단호하게 맞받아쳤다. 막내 시누는 입을 삐죽 내밀었다.

훗날 피 여사는 그 조카딸이 벙어리에게 시집가서 매 맞고 산다는 얘기를 풍문으로 전해 들었다. 조카딸이 겪은 어린 시절의 고통은 미래에 들이닥칠 고통의 전주곡이었다. 그동안 고생했으니 결혼해서 행복하게 살았으면 좋았으련만 조카딸의 인생은 고통의 돌림노래였다.

행복과 고통의 총량이라도 있다면 그동안 고통받았던 만큼 아직 누리지 못한 행복을 나중에 향유할 수 있을 텐데, 그런 총량은 없다. 인생 초반에 고통에 허우적거리던 사람 가운데 대다수가 죽을 때까지 고통 속에서 몸부림치기 십상이다.

피 여사의 조카딸은 어려서부터 제대로 돌봄받지도 못하고 시집가서도 따뜻한 정 한 번 느끼지도 못한 채 살아갔다. 매 맞고 산다던 조카딸이 그 뒤로 어떻게 됐는지 더 이상 소식이 들려오지 않았다.

연이은 조카들의 죽음

　새댁 피영숙은 밤이면 술집에 나가는 둘째 시누를 좋아하지 않았다. 둘째 시누의 아들은 홍역에 걸렸는데, 술집에서 온갖 사람들을 상대하면서 부정한 짓을 해서 부정 탄 결과라고 피영숙은 생각했다. 둘째 시누 아들은 너무 어려서 말도 못 한 채 자기 얼굴을 막 긁으며 괴로워하다가 안방에서 죽었다. 피 여사는 둘째 시누 아들이 죽어가면서 얼굴 긁는 걸 몸소 시연해 보이면서 이야기를 들려주었다. 울 수도 없고 웃을 수도 없는 열연이었다.

　어린아이들의 죽음은 일상이었다. 첫째 시누는 재가해서 아들 둘을 더 낳았는데, 어느 날 집에 와서는 죽어가는 둘째를 맡겼다. 새댁 피영숙은 병에 걸려 말도 못하고 먹지도 못하고 걷지도 못한 채 삐쩍 마른 애가 보기 싫어서 막내 시누에게 건넛방에다가 데려다 놓으라고 시켰다. 당시 건넛방엔 아편 하는 불량배들이 세 들어 있었고, 그들은 낮이면 작당하러 돌아다녔다. 피 여사에 따르면, 그들은 아편 할 돈을 마련하려고 남의 집에 들어가 은수저도 훔치고 온갖 나쁜 짓을 하는 놈들이었다.

첫째 시누가 재가해서 낳은 둘째 아들은 건넛방에 갖다 놓은 지 얼마 되지 않아 숨이 멎었다. 돌아온 아편쟁이들이 싸늘하게 식은 서너 살 먹은 아이를 밖에다 내다 버렸다.

"아편쟁이 방으로 애를 보내자마자 죽었으니 마음에 가책이 좀 있었겠어요?"

"뭔 가책이냐, 이미 다 죽어 있는 애였는데."

피 여사는 이렇게 말했지만, 연이어 죽어간 조카들의 죽음에 상당한 충격을 받았으리라고 짐작됐다. 피 여사는 휴가 나온 군인이 술에 취하면 군대에서 겪은 부조리를 반복해서 이야기하고 또 하듯, 죽은 조카들 얘기를 자신이 왜 하는지도 모른 채 불현듯이 이야기하고 또 했다.

피 여사는 시집을 오자마자 겪은 처참한 상황과 열악한 환경에서 일어난 일들을 평생 잊지 못했다. 최근의 일들은 좀처럼 기억하지 못했지만 스무 살에 겪은 결혼 생활은 단 하나도 잊지 못했다.

콩가루 시댁을 향한 원망

피 여사는 큰고모를 원망했다. 큰고모가 자기를 콩가루 집안에 시집을 보냈다는 것이었다. 피 여사는 자신의 기막힌 운명을 누가 알아주기라도 바라듯 자신의 억울한 사정을 이야기하곤 했다.

피 여사가 시집간 곳이 평범하지는 않았지만 평범한 집이 과연 얼마나 있을까 싶기도 했다. 모든 가정이 저마다의 고통에 끙끙대면서 하루하루를 견디는 듯했고 결혼은 행복에 가깝기보다는 시련에 더 가까워 보였다. 내가 결혼할 생각이 아예 없었던 것도 결혼할 능력이 안 되었기 때문이기도 하지만, 결혼해서 더 행복해진 사람을 찾아보기 어려웠기 때문이기도 했다.

물론 이렇게 말하는 건 미혼의 나 자신을 변호하려는 속셈인지도 모른다. 나는 행복한 부부 사이에서 태어나지 않았고, 부모를 보면서 결혼에 대한 열망보다는 거부감이 컸다. 결혼해서 애를 낳고 키울 경제력이 되지도 않았다. 나는 결혼에 따른 급격한 변화와 부양에 대한 책임을 지고 싶지 않았다. 나는 자유를 추구한답시고 여전히 결혼을 멀리하고 있다.

과거에 결혼은 때가 되면 강제로 채워지는 족쇄였다. 첫날 밤에 친족이 정해준 상대를 만나 정붙이고 사는 것이 어른이 되어가는 과정이라고 사람들은 믿어왔다. 피 여사의 언니도 자신이 누구와 결혼하는지도 모른 채 시집을 갔다. 시집을 가서 남편을 보니 식구만 열둘이 있는 가난한 집의 맏이였다. 남편은 철도국 직원이라서 수입은 꼬박꼬박 들어왔으나 돈을 한 푼도 내놓지 않았다. 남편이 철도국으로 출근하면 피 여사의 언니는 빌린 남의 땅에서 시댁 식구들과 소작했다.

언니가 열두 시댁 식구를 수발드는 가운데 농사까지 지으면서 고생을 무지하게 했다며 피 여사는 그렁그렁해진 눈으로 이야기를 했다. 시아버지와 시어머니는 말할 것도 없고 시할머니와 시할아버지까지 있는 시댁으로 열일곱에 시집가서 혹독하게 시집살이한 피 여사의 언니에 빙의한 것 같았다. 피 여사는 자신이 몸소 겪은 것처럼 깊은 회한 속에서 언니의 이야기를 하고 또 했다.

"왜 그런 집으로 시집간 거예요?"

"나나 언니가 뭐 알았나? 가라고 하니까 간 거지."

"피 여사는 자신을 콩가루 집안에 중매한 큰고모가 미웠죠?"

"자기 딸이면 그런 집에 시집을 보내겠느냐는 말이야. 큰고모가 못됐어. 심보가 고약하다고 소문이 자자했어."

"심보가 고약한 사람이 하는 중매를 왜 따른 거예요?"

"그때는 뭐 어쩔 수 없었어."

피 여사는 위안부에 끌려가리라는 불안 때문에 서둘러 결혼했다. 피 여사는 일본 위안부만 아니었어도 더 나은 혼처를 얼마든지 구할 수 있었으리라고 믿었다. 피 여사는 자신의 외모에 자부심이 있었고, 인기가 많았다고 목청을 돋우었다.

피 여사는 한 남자가 귀갓길에 쫓아온 일화를 들려주었다. 집 앞에 이르러서야 젊은 피영숙은 뒤를 돌아보면서 주먹을 쥐어 보이며 "더 쫓아오면 죽어"라고 소리 치고는 집으로 뛰어 들어갔다. 또 한번은 고등학생으로 보이는 남자가 버스 내릴 때 같이 내려서는 쫓아오기에 "다리가 부러지려면 계속 쫓아다녀라"라고 악담을 퍼붓고 집으로 들어갔다. 피 여사의 어머니와 남동생이 "경찰서에 가고 싶냐" 하고 꾸짖으며 따라온 남자를 쫓아낸 일도 있었다. 이것 말고도 피 여사는 남자들이 자신을 많이 쫓아다녔다고 과거의 일화들을 들려주었다.

피 여사는 아련하게 한 남자를 기억했다. 피복 공장에서 같이 일했던 남자였고, 김씨였다. 김 씨는 키는 그리 크지 않았고 약혼녀가 있었다. 백 세로 향해가는 피영숙에게 김 씨를 좋아했느냐고 물으니 그 사람이 자기를 좋아했지 자기는 아니라고 딱 잡아뗐다. 그런데 말투와 억양에서 묘한 기류가 흘렀다. 김 씨를 이야기하는 눈빛에서 따스한 연정이 아득하게 묻어났다.

스무 살 피영숙이 결혼하고 얼마 안 되었을 때 그 남자가 전쟁에 끌려갔다가 돌아오지 못했다는 소식이 전해졌다. 그때 일을 덤덤하게 말하고 있었지만 피 여사의 딱딱한 말투는 아주 오래전의 통증을 덮고 있는 딱지 같았다.

불행한 결혼 생활 중에 그 남자에 대한 그리움은 더 깊어졌을 텐데, 그 뜨거운 마음에 찬물을 쏟듯 사망 소식이 들려왔을 때 새댁 피영숙의 심정이 어떠했을지 나 혼자 막연하게나마 상상해볼 뿐이었다.

모난 성격은 모진 세월의 반영

전쟁의 막판에 이르자 일본은 군수물자를 조달하고자 민간인 가정을 구석구석 뒤져서 쓸 만한 물건을 다 빼앗아 갔다. 쌀도 모조리 공출해 가서 한반도의 식량 사정은 여의치 못했다. 피 여사의 아버지가 마을 보급단장이라서 정해진 배급량보다 조금씩 더 가져왔지만 턱없이 모자랐다. 쌀 배급을 주는데 열흘 치라고 받아 오면 죽을 쒀서 먹어도 며칠 안 돼 바닥이 났다. 일본의 수탈과 착취를 피 여사는 잊지 못했다. 일본이라고 하면 자다가도 이를 갈았다.

피 여사는 결혼한 그해에 광복을 맞았지만 1945년 8월 15일 아침에 시어머니가 눈을 감았다. 해방 소식이 들려왔으나 초상을 치르느라 새댁 피영숙은 길거리로 나와 기쁨을 표현하지 못했다.

피영숙의 일상은 허기와 공포, 분노와 불안, 원한과 슬픔으로 너울졌다. 일제에 의해 동물원이 된 창경궁에 한번 놀러 간 적도 있었고 나름 틈틈이 즐겁고 설레는 일이 있었겠으나 대부분은 고통의 성난 파도에 휩쓸리는 나날이었다. 하나의 파도가 지나가지도 않았는데 또 다른 시커먼 파도가 새파랗게 젊은 피영숙의 삶을 덮쳤다. 피 여사는 살아남고자 발버둥을 쳤으나 젊은 피영숙의 자맥질 솜씨론 고통의 바다를 헤쳐 나오기 어려웠다. 비록 젊은 날에 고생을 했더라도 수영 실력이 늘어나 차차 고해를 헤쳐 나왔으면 다행이련만, 가슴속에 생기는 응어리의 무게로 피 여사는 시간이 흐를수록 고통의 바닷속으로 깊이 잠겼다.

나는 피 여사의 과거 얘기를 듣다가 평행우주를 상상해봤다. 다른 우주 속의 피영숙이 더 나은 환경에 처하고 더 괜찮은 인연들을 만났다면 그곳의 피영숙은 더 나은 인생을 살았을 것이다. 피 여사가 조금 더 여유로운 환경에서 좋은 사람들과 인연을 맺었으면 피 여사의 마음이 좀 더 밝았으리라는 씁쓸한 생각이 들었다. 피 여사의 모난 성격은 모진 세월의 반영이었다.

물론 피 여사만 불행하게 살아온 건 아니다. 20세기 한반도는 지옥이었고, 모든 사람이 고통의 바다에서 허우적거렸다. 한반도에서 섬세하고 너그러운 성격을 유지하면서 20세기를 통과하기란 난초가 북극에서 살아남는 일과 비슷했다. 일본이 패망해서 한반도를 떠났다고 피 여사의 삶이 달라지지 않았다. 광복을 맞았으나 피 여사의 삶에 햇살이 비추지는 않았다. 더 큰 고통의 먹구름이 몰려오고 있었다.

한국 현대사의 비극이 피 여사를 비껴갈 리 없었다. 남북 분
단과 한국전쟁은 젊은 피영숙을 직격했다.

똑똑지 못한 빨갱이

일제가 패망하기 얼마 전, 피영숙의 남편은 경찰서에 끌려 갔다. 남로당이라는 사실이 발각되었다. 남로당은 남조선 노 동당의 약자로 남한에서 공산주의 혁명을 기도하던 조직이었 다. 피영숙의 남편이 만주 일대를 돌아다니면서 사진을 찍었 던 건 첩보 활동 때문이었으리라고 추정되었다. 새댁 피영숙 은 경찰서로 면회를 갔다.

일제 경찰에 잡힌 남편은 밥을 굶고 토하면서 열병에 걸린 것처럼 행세했다. 경찰들은 전염병이 돌까 봐 남편을 병원으 로 보냈다. 기세등등했던 일본이 패망의 골짜기로 굴러떨어지 고 있던 때라 한반도 정국은 어수선했고, 일제 경찰의 기강은 허술했다. 새댁 피영숙의 남편은 병원에서 달아나 한동안 숨 어 있다가 해방을 맞았다.

"남편이 경찰에게 더 시달리지 않고 달아나서 다행이네요."

"뭐가 다행이냐. 죗값을 다 치르지 않고 나와서 도망간 게 뭐가 좋으냐."

"그래도 갇혀서 고문받는 것보다 낫잖아요?"

"그래봤자 다시 형무소에 갇혔어."

"왜요? 빨갱이라고?"

"뭐 그런 셈이지. 빨갱인데 똑똑지 못한 빨갱이였던 게지."

해방 뒤 한반도는 혼돈으로 빠져들었다. 북한은 소련군이 점령하고 남한은 미군이 통치하면서 분할되었다. 한반도의 허리가 동강 났고, 형제끼리 이념으로 갈린 채 총부리를 겨눴으며, 얼마 전까지 품앗이하던 이웃을 죽창으로 찔러 죽이는 일이 비일비재하게 벌어졌다. 많은 사람들이 자본주의니 공산주의니 사회주의니 하는 단어가 무엇인지 제대로 알지 못한 채 광기를 뿜어내며 잔혹한 짓을 서슴없이 저질렀다. 인간을 위해 만들어진 이념과 사상이 인간을 잡아먹는 야차로 돌변했다.

해방을 맞아 남편은 여기저기를 돌아다녔다. 좀처럼 집에 붙어 있지 않았다. 그러다 어느 날 경찰에 붙잡혔다는 소식이 들려왔다. 남로당에 대해 일제히 단속이 벌어졌던 것이다. 오랫동안 조선 시대 양반들과 일제에 수탈당했던 민중은 평등을 설파하던 사회주의와 공산주의에 큰 호감을 가졌고, 많은 젊은이들과 지식인들이 남로당에 가입해 있었다. 당시 사회주의가 얼마나 대세였는지 일본군에 들어가 독립군을 때려잡던 박정희도 남로당에 가입했을 정도였다.

재수감되어 문초를 겪던 남편은 풀려나 동회 일을 맡았다. 피 여사는 당시 사정을 자세히 몰랐지만 내가 추측하기로는 남편이 전향서를 쓴 것 같았다. 동회 일을 하면서 남편은 아편을 떼어다가 팔았다. 하숙방이 아편 소굴처럼 되었다.

남편은 한술 더 떴다. 아편을 팔면서 만난 어느 여자를 집으로 데려와 건넛방에 첩처럼 두었다. 피 여사는 그녀를 아편쟁이라고 경멸했다. 아편쟁이가 너무 싫었기 때문인지 피 여사는 그 모진 시간 속에서도 아편을 단 한 번도 하지 않았다.

"속이 뒤집어졌겠어요? 가만히 놔뒀어요?"

"뭐 어떻게 하냐? 그냥 참았지."

말과 다르게 새댁 피영숙은 가만히 있지만은 않았다. 간밤에 둘째가 열이 났다. 새댁 피영숙에게는 시집가자마자 임신해서 한국전쟁 전에 낳은 아들 둘이 있었다. 피영숙은 아침 일찍 둘째를 들쳐 업고 첫째의 손을 잡고 병원에 갔다. 주사를 맞힌 뒤 두 아이를 어르고 챙기면서 집에 돌아왔다. 그런데 집은 깜깜했고 을씨년스러웠다. 남편도 없고 시누이들도 없고 아편쟁이도 없었다. 먹을 것도 없었고 엉망이었다. 새댁 피영숙은 화가 치밀어 올라 두 아들을 데리고 친정으로 가버렸다.

며칠 뒤에 남편이 아내 피영숙을 데리러 왔다. 피영숙의 부모나 친정 식구들이 사위에게 뭐라고 할 것 같았는데 어떤 꾸중도 없었다. 새댁 피영숙도 친정에 계속 머물 수 없어서 남편을 따라 다시 집에 왔다. 딸은 출가외인이라는 생각이 당대를 지배했고, 피 여사의 골수에도 박혀 있었다. 피 여사는 억울하고 분해도 남편과 살아야 한다고 믿었다. 새댁 피영숙과 두 아들 그리고 시누이와 조카들은 안방에서 지냈고, 건넛방에서 남편과 아편쟁이가 살았다.

미우나 고우나 하나였던

그러던 와중에 북한이 쳐들어왔다. 남한 정부가 버린 서울을 북한이 단박에 점령했다. 남편은 인민군에게 체포됐다. 인민군이 보기에 피영숙의 남편은 변절한 미제 앞잡이에 지나지 않았다.

새댁 피영숙도 추궁당했다. 남편이 이러저러한 일을 자백했는데 당신도 관여했느냐고 심문했다. 새댁 피영숙은 나는 이 자리에서 죽는다고 해도 아는 건 안다고 하고 모르는 건 모른다고 할 수밖에 없다면서 당당한 태도를 취했다. 남편의 일을 모른다고 판단한 인민군은 피영숙을 놔주었다. 생과 사의 갈림길에서 당당하게 굴어서 목숨을 건진 피 여사는 그 뒤로 곤경에 처할 때마다 당당함으로 자신의 결백을 입증하려 했다.

인민군은 가재도구를 몽땅 빼앗았다. 아끼던 재봉틀이며 가구며 눈에 띄는 건 모조리 가져가버렸다. 피영숙은 일제에 수탈당한 뒤 인민군에게 또다시 많은 걸 빼앗겼다.

북한의 서울 점령은 오래가지 못했다. 인민군은 후퇴하면서 많은 사람을 학살했다. 새댁 피영숙의 남편도 피살됐다. 새댁 피영숙은 남편의 시신이라도 찾고자 인민군 수뇌부가 있는 곳을 찾아갔다. 남편을 찾는다고 하소연하자 인민군은 아주머니의 신변도 보장할 수 없다고 위협했고, 과부 피영숙은 슬피 울면서 자리를 떴다. 하늘에서 비가 쏟아져 내렸고, 거리는 온통 진창으로 변했다. 과부 피영숙은 가로등도 없던 서울의 어둠 속에서 온몸에 비를 맞으며 비틀거렸다.

새댁 피영숙은 남편의 시신이라도 찾으려 안 가본 데 없이 돌아다녔지만 찾지 못했다. 널려 있는 주검들을 뒤졌던 경험은 극심한 후유증을 남겼다. 남편을 찾겠다는 일념으로 시체 썩는 냄새를 어찌어찌 참았는데 집에 돌아와 누우면 몸에서 시취가 나는 동시에 죽은 사람들의 형체가 눈에 아른거려 도저히 잠이 오지 않았다. 머리가 잘린 채 나뒹구는 몸뚱이, 뒤통수에 총을 맞아 얼굴이 박살 난 시체, 구덩이에 수십 구씩 쓰레기처럼 버려진 사람들.

깜빡 잠이 들어도 어김없이 악몽이었다. 소스라치며 깨어난 새댁 피영숙은 담배를 태우면서 몸에 밴 시취를 지우고, 꿈에 나타난 시체들의 모습을 떨쳐내려 고개를 절레절레 저었다. 피영숙이 인생 통틀어 유일하게 담배 피우던 시절이었다.

미우나 고우나 하나밖에 없던 남편이 죽었다는 절망감 속에서 피영숙의 마음은 갈기갈기 찢겼다. 묻어주고 싶어도 남편을 찾을 수 없자 피영숙은 분한 마음에 도끼를 들고 아편쟁이 여자에게 덤벼들었다. 너 죽고 나 죽자면서 달려들다가 까무러쳤다. 시누들이 물을 떠다가 새언니 피영숙에게 먹이고 손과 발을 주물렀다.

아편쟁이 여자는 조용히 집을 떠났다. 새댁 피영숙도 두 아들을 데리고 친정에 돌아왔다.

이북 남자의 편지 공세

전쟁은 혼전 양상이었다. 전선이 오르내리면서 민간인들은 막대한 피해를 입었다. 공습과 폭격으로 한반도는 초토화되었다. 그야말로 아비규환이었고, 억울하게 죽어간 사람들이 헤아릴 수 없었다. 살아남은 사람들은 가족을 잃었고, 부상을 입었으며, 마음에도 공포와 불안이 각인되었다. 일제강점기 동안 한반도가 오랜 시간에 걸쳐서 착취되었다면 한국전쟁은 삽시간에 백두산부터 한라산까지 송두리째 파괴했다.

전쟁이 일어나자 사람들은 피난을 떠났다. 과부 피영숙은 친정 식구들과 피난길에 나섰다. 날씨가 쌀쌀했다. 그리고 두 아들을 등에 업고 손에 잡고 가는 피난이라 이동의 속도는 더뎠다.

그런데 피영숙이 빨갱이 가족이라고 해서 주민등록을 받아주지 않아 피영숙은 신분증이 없었다. 한강 다리가 끊어져서 배를 타고 건너야 했는데, 신분증이 있어야 배를 탈 수 있었다. 피영숙이 신분증을 분실했다는 신원보증을 철도국 다니던 형부가 해줘서 피영숙 일행은 어렵사리 배를 타고 한강을 건넜다.

이미 사람들이 피난을 떠나 빈집이 많았다. 피영숙 일행은 하룻밤 묵은 뒤 낮에 다시 이동하다가 저녁이면 빈집을 찾아 하룻밤을 자는 방식으로 움직였는데, 이미 겨울이 코앞이었다. 피영숙 일행은 영등포 끄트머리에서 겨울을 나기로 했다. 피난처에는 온돌방 하나와 다다미방 하나가 있었는데, 이북에서 온 사람들이 다다미방에 피난 와 있었다.

이북 사람들에게 한 남자가 자주 찾아왔다. 그 남자는 과부 피영숙을 눈여겨봤다. 그 남자는 미군과 관련된 일을 했고, 춘천에 가서 군인을 통해 편지를 보내왔다. 여기서 하숙을 하면 돈을 많이 벌 수 있다고 편지 공세를 했다. 과부 피영숙은 돈을 벌고자 춘천에 가기로 결심했다.

피영숙은 아버지와 함께 수원까지 걸어간 뒤 산을 넘고 버스를 얻어 타면서 겨우겨우 춘천에 도착했다. 하숙을 칠 계획은 무산됐다. 그 남자와 살림을 차리게 됐다. 피 여사의 말대로 하면 가정 하숙이 되었다. 피영숙의 아버지는 서울로 되돌아갔고, 재혼한 피영숙은 일정한 돈을 송금했다. 인편으로 보낸 돈이 도중에 사라지는 경우도 있었다. 이렇게 피영숙의 인생은 남자를 새로 만나면서 또 다른 고통의 수렁으로 빨려 들어갔다.

니가 도망가면 일본을 가겠냐 중국을 가겠냐

전쟁 통에 이북에서 넘어온 남자와 재결합했으나 피영숙의 삶은 화창해지기는커녕 공포의 화염으로 불타올랐다. 그 남자는 잠자리를 한 뒤 "니가 도망가면 일본을 가겠냐, 중국을 가겠냐. 어디를 가든 끝까지 쫓아가서 죽이갔어"라고 협박했다. 한번은 피영숙이 시장을 보고 집에 돌아오니 그 남자가 뒤를 밟았다고 말해서 소름이 돋았다. 피영숙이 어디 딴 데로 새지 않고 딱 살 것만 사고 돌아와서 무사했다. 혹여나 시장에서 방앗간을 하는 잘생긴 남자에게 떡값이 얼마인지 묻고는 인절미를 샀다면 사달이 났을 터였다.

그나마 다행으로 이북에서 내려온 남자는 피영숙의 두 아들을 받아줬다. 피영숙은 체념하듯 이북 남자와 같이 살게 되었다. 잠자리도 가진 데다 두 아들도 키워주겠다고 하는 남자를 뿌리칠 만큼 선택권이 있지 않았다. 피영숙은 새 남편의 손아귀에 꼼짝없이 갇혀서 젊은 시절을 끔찍하게 보냈다.

새 남편은 평양 출신이었다. 젊은 피영숙보다는 열 살이나 더 많았는데, 처음엔 나이를 밝히지 않아 나이 차가 그렇게 많이 나는지 몰랐다. 새 남편은 남동생 둘과 함께 월남했다. 원래는 사 형제였는데 남쪽으로 넘어오는 중에 둘째가 비명횡사했다. 강대국들이 임의로 38선을 그어놓자 한반도에 살던 사람들은 목숨을 걸고 그 선을 넘었다. 형제 동기의 참혹한 주검을 뒤로한 채 세 형제는 월남했다. 월남을 시도한 네 형제 모두 평양에 처와 자식들이 있었는데 전쟁을 앞두고 징집을 피하고자 일단 월남했다. 전쟁이 머잖아 끝날 줄 알았던 것이다. 하지만 남과 북의 대립은 그들이 죽어서도 끝나지 않았다. 월남한 형제들은 북에 두고 온 처자식을 영영 보지 못했다.

피영숙의 두 시동생은 극과 극이었다. 셋째 시동생은 수더분한 성격이었으나 사회생활에 젬병이었다. 반면에 막내 시동생은 머리가 잽싸게 돌아가고 사업 수완이 비상해서 미군정에서 일했다. 막내 시동생과 새 남편은 미군 쪽 사람들과 줄이 닿아 있었다. 새 남편은 한국군 장교들을 끼고 미군용품을 시장에 내다팔면서 목돈을 만졌다. 나중엔 중위가 살던 집을 남편이 전세로 얻었을 정도였다. 혼란한 정국에서 오히려 새로운 기회를 창출했던 막내 시동생은 미인 대회에서 1등을 한 여자를 아내로 맞아 새장가를 갔다. 그 사이에서 태어난 두 딸은 남다른 매력을 뽐내면서 외국 음악 경연에 나가 우승도 했고, 일찍이 미국에 가서 영주권을 얻은 뒤 자기 부모도 데리고 갔다. 아메리칸드림은 한국인의 꿈이었다. 그렇게 미국으로 건너간 막내 시동생은 뜨문뜨문 국제전화를 걸어왔고, 피 여사는 반가워하며 통화하곤 했다.

온전치 못한 환대

춘천에서 새로 살림을 차린 어느 날, 남편은 교통사고가 크게 나서 몸져누웠다. 뼈 부러진 데에는 개가 좋다며 아는 사람이 개를 잡아다가 줬고, 피 여사는 남편에게 삶은 개를 먹이며 간호했다. 피 여사는 개를 평생 먹어본 적이 없었고, 이번에도 같이 먹지는 않았다.

딸이 태어난 지 얼마 안 되었을 때였다. 젖먹이 딸이 울자 남편은 "그놈의 에미나이 시끄러워 죽갔네, 나가 죽어버렸으면 좋갔어"라는 막말을 서슴지 않았다. 몸이 아파 잔뜩 기분이 상해 있는 처지라는 걸 감안하더라도 너그러이 받아주기 어려웠다. 피 여사처럼 박 여사 역시 온전하게 환대해주지 않는 환경에서 태어났다.

피 여사는 자신의 어두운 탄생 일화를 이야기하고 곧장 밝은 이야기를 덧입히듯 자신의 딸 탄생에도 비슷한 태도를 보였다. 하루는 몸이 회복된 남편과 피 여사가 일이 있어서 딸을 데리고 서울 가는 버스를 탔다. 빨간 옷을 입고 빨간 구두에 빨간 모자를 씌운 딸이 요정 같았다. 승객들이 딸에게 관심을 보이면서 예쁘다고 한마디씩 하자 남편은 딸을 치켜올리더니 "사고 싶은 사람 있으면 사시오"라고 외치며 껄껄 웃었다.

그런데 앞에서 어느 여자가 막 울기 시작했다. 주위 사람들이 말하길 그 여자는 어느 남자의 첩으로 들어가서 아이를 하나 낳았는데 그 아이가 얼마 전에 죽었다고 했다. 정적이 흐르는 가운데 그 여자의 비통한 울음소리가 서울 가는 버스에서 울려 퍼졌다.

누가 이겼는지 알 수 없이

남편과 피영숙은 춘천 생활을 정리하고는 천안으로 내려가서 지물포 가게를 열었다. 그런데 지물포 가게와 붙어 있던 가정집에서 불이 나 주변이 홀라당 다 타버렸다. 지물포 가게도 불타버렸다.

"물동이에 물을 퍼서 불을 끄려고 했어요?"

"여러 집이 한꺼번에 불타는데 어떻게 끄냐? 그냥 바라봤지."

"불이 나서 속상했겠어요."

"비로드 치마를 꺼내놨었는데 혼란한 와중에 누가 훔쳐 갔어. 그게 좀 속상하지."

피 여사는 지물포 가게가 소실된 것보다 비로드 치마를 잃어버린 걸 더 아까워했다. 불행 중 다행으로 지물포의 물건들은 외상으로 이미 팔았고 가게엔 물건이 얼마 없었기 때문에 큰 손해를 입지는 않았다. 피 여사와 남편은 외상값을 회수한 뒤 천안에서 부산으로 내려갔다. 부산에서 한동안 살았는데, 남편의 등쌀에 국제시장도 가보지 못했다고 피 여사는 이야기했다. 부산 생활을 정리하고 다시 서울로 올라와 원효로에서 살다가 다시 춘천으로 들어갔다. 한국전쟁 중에 이사한 경로였다.

한국전쟁을 겪으면서 여러 고비가 있었을 텐데, 피 여사는 담담하게 그때 그 시절을 기억했다. 공습도 그리 무섭지 않았다고 했다. 당시 죽음이 일상화되었기 때문인지 피 여사는 공습경보가 울리고 방공호에 들어가 있을 때 그냥 그랬다고 했다. 피 여사의 얘기를 듣다 보니 제2차세계대전 중에 나치의 대공습 속에서 무너지기는커녕 덤덤해했다던 런던의 시민들이 떠올랐다.

제2차세계대전은 승패가 뚜렷했지만 한국전쟁은 승패가 뚜렷하게 갈리지 않은 채 정전 협상을 맺었다. 누가 이겼는지는 알 수 없었으나 한반도에 사는 대다수 사람들이 패배했다는 건 확실했다. 전쟁으로 한국인들은 고향을 잃어버린 사람들이 되었다. 다들 살기 위해 어딘가로 피난을 갔고, 과거의 촌락 공동체는 해체되었다. 피난을 떠나 여기저기를 돌아다니던 피 여사는 한국전쟁이 끝나고 나서도 이사를 자주 했다. 역마살이 낀 것처럼 계속 이사를 다녔고, 자신도 다 기억하지 못했다. 어떻게 가버렸는지 모를 원통한 시절이었다.

밑도 끝도 없는 폭력

   나에게 전해준 피 여사의 일대기는 고난의 역사였다. 수난을 겪더라도 인생사가 고통만 있지는 않을 텐데, 피 여사는 행복하거나 기쁜 일을 언급하지 않았다. 피 여사가 좀 비관적인 성격이기 때문이기도 하지만, 폭력과 혼란과 불의와 광기와 야만으로 일렁거렸던 20세기를 거치면서 행복하기란, 황무지에서 풍요로운 가을을 맞이하는 일과 같았다. 피 여사의 성격과 인생은 20세기의 산물이었다.

   전쟁 중에 새로 만난 남편은 피 여사를 구타했다. 부부싸움은 칼로 물 베기라고 하는데, 실상은 아내의 몸과 마음이 난자당했다. 피 여사는 남편에게 호스로 맞은 걸 가장 끔찍하게 기억했다. 나는 잔인하게도 남편이 왜 때렸는지 상황을 말해달라고 물었다. 피 여사는 당황해하면서 정확히 기억하지 못했다. 그저 의붓아들이 말을 안 듣고, 뭐 이래저래 울화가 쌓이니까 그랬을 거라고 얼버무렸다. 과거의 여자들은 자신이 왜 맞는지도 모른 채 맞고 살았다. 애초에 나의 물음은 잘못됐다. 밑도 끝도 없는 폭력이 가해질 때 피해자가 그 상황을 똑똑히 기억하는 건 불가능했다.

가게에서 구타당할 때면 이웃 상인이 말리지는 못한 채 힐끔힐끔하면서 웅성거렸다. 피 여사는 얼굴을 들고 다니기 어려웠다. 맞아서 생긴 멍 자국을 숨겨야 하기 때문이기도 하지만 면목이 안 서기 때문이었다. 몸에 가해진 폭력도 아팠지만 남들이 자신의 집을 콩가루라고 흉보며 손가락질할 상상에 피 여사는 견디기 힘들었다. 나는 잔혹한 물음을 조심스럽게 던졌다.

"맞을 때 기분이 어땠어요?"

"말도 못 하지."

"그런 일이 자주 있었어요?"

"……"

어떤 물음에도 득달같이 대답하던 피 여사가 움츠리면서 어떻게 답변해야 할지 몰라 입을 좀처럼 열지 못했다.

승냥이를 피해 호랑이 굴로

어느 날 둘째 아들이 엄마가 구타당하는 걸 보고 밖으로 뛰쳐나가버렸다. 밤이 되어도 둘째 아들이 들어오지 않자 피 여사와 남편은 택시를 타고 홍제동 본가로 갔다. 가는 내내 남편은 포악하게 굴며 욕지거리를 연신 지껄였다. 홍제동에 도착해보니 둘째 아들이 밥을 먹고 있었다. 남편은 친정 식구들이 보는 앞에서 의붓아들 귀싸대기를 때리고는 끌고 나왔다. 택시 타고 돌아오는 내내 남편은 의붓아들과 아내에게 욕을 퍼부었다. 남편은 집에 돌아오자마자 의붓아들과 아내를 흠씬 매타작하고도 분이 풀리지 않았다. 피 여사는 아들을 끌어안고 구타를 견디는 수밖에 없었다.

과거에도 남자들은 이상 폭력 증세를 보였다. 자기 기분을 다스리지 못했고, 폭력을 밥 먹듯 휘둘렀다. 집집마다 김일성 또는 박정희가 있었다. 북한과 남한의 독재정권은 특이한 현상이 아니었다. 가정마다 독재자가 있었고, 그러한 성질이 정부에도 나타난 것이었다. 남자들은 어느 정도 식구들을 먹여 살렸지만 그걸 명목으로 식구들의 숨통을 조였고, 영혼을 파괴했다.

피 여사에겐 삶이 전쟁이었다. 피 여사는 일본 놈이든 조선 놈이든 어디서 갑자기 습격할지 몰라 움츠린 채 경계하면서 살았다. 결혼해도 별반 다르지 않았다. 언제 남편이 자신을 때 릴지 몰라 긴장하며 지냈다. 피 여사에게 일제강점기와 한국 전쟁 같은 폭력이 거의 평생 이어졌다.

여자들은 친족들의 싸늘한 시선을 받으며 울면서 태어나 세 상에서 가해지는 공포와 충격 속에서 비명을 지르며 살았다. 여자가 생존하려면 남자에게 의지할 수밖에 없었는데, 그 남 자는 어느 정도 다른 남자의 주먹질을 막아주는 대신 자신이 발길질을 했다. 한 남자와 같이 사는 일은 세상의 수많은 승냥 이들을 피해 호랑이 굴 속으로 들어가는 일 같았다.

피 여사의 남편도 불행하고 박복한 사람이기는 했다. 둘째 동생이 월남하다가 사망했고, 평생 이북 출신이라는 꼬리표가 따라붙었으며, 아내와 자식을 놔두고 급하게 월남하면서 그리 움과 죄책감으로 마음이 뒤범벅이었고, 새로 얻은 아내와 다 섯 아이를 먹여 살리는 일이 힘겨웠으며, 팍팍한 세상살이에 억울한 일도 많았다. 노름으로 큰돈을 날리면서 절망감과 울 분에도 사로잡혔다. 그저 남자라면 이래야 한다는 편견에 사 로잡혀 한 생애를 무뚝뚝하게 늙어갔다.

그러나 그가 불운하게 고생했다고 해서 그의 폭력에 면죄부가 발급될 수 없었다. 시대의 한계나 사회구조 탓을 한다고 해서 한 인간의 죄가 무마될 수 없었다. 게다가 그는 처벌받기는커녕 참회하지도 않았다. 피 여사의 가족들은 그를 두려워했던 만큼 진저리를 쳤으면서도 당시엔 다 그러했다며 얼렁뚱땅 넘어갔다. 박 여사는 자신의 아버지가 딱한 사람이라고 오히려 안쓰러워했다. 그는 도박 빚에다 여러 지병으로 피 여사를 고생시키다가 노환으로 죽었다. 세상을 떠나면서 피 여사에게 미안하다거나 고맙다는 말도 하지 않았다. 피 여사는 남편이 죽었다는 슬픔과 아울러 이제 자유로워졌다는 홀가분함 속에서 장례를 치렀다.

내가 태어나기도 전에 세상을 떠난 피 여사의 남편 얘기를 들으면서 나는 그의 피가 내게도 끈적끈적하게 이어지고 있다는 걸 실감했다. 나는 쾌락에 이끌렸다. 흥분하면 폭력이 튀어나왔다. 도박에도 무척 큰 흥미를 갖고 있었다. 어머니 쪽이든 아버지 쪽이든 노름으로 인생을 말아먹은 사람들이 포진되어 있었다. 윗대로부터 내려오는 나쁜 피는 징글징글하게도 나를 특정한 방향으로 몰고 갔다.

다행스럽게도 나는 교육에 힘입어 본능과 충동이 이끄는 대로 반응하지 않을 수 있었다. 나는 나를 지배하려는 나쁜 피를 끊어내고 싶었던 만큼 마음가짐을 바꾸고 다르게 행동하려고 아등바등했다. 쉽지 않았지만, 본능을 깊게 이해하면서 저

항하려고 노력했다. 자신이 싫어하는 사람을 닮아가는 일만큼

섬뜩한 일도 없으니까.

눈 좀 밝게 해주세요

피 여사가 하루도 빼놓지 않고 하는 의식이 있었다. 피 여사
는 아침에 일어나 세수할 때면 눈을 비비면서 날마다 이렇게
기도했다. "눈 좀 밝게 해주세요."

피 여사의 어머니와 할머니 모두 노후에 앞을 보지 못했다.
당시엔 이유를 몰랐으나 나는 백내장이 아닐까 생각한다. 피
여사는 자신도 시력을 잃을 거라는 불길한 공포에 사로잡힌
채 불안 속에 살았고, 실제로 시야가 뿌예졌다. 다행히 의학 기
술의 발달로 피 여사는 백내장 수술을 받았다. 피 여사는 자신
의 어머니나 할머니와 달리 시력을 잃지 않았다.

피 여사는 수술을 받고 나서도 새벽 일찍 일어나 눈을 비비
면서 기도를 드린 뒤 집 안을 쓸고 닦고 장을 보고 먹거리 재료
를 손질했다. 앞 시대 여인네들이 그러하듯 쉬지 않고 움직였
다. 동네를 돌아다니면서 빈 병을 줍기도 했다. 박 여사와 같이
살지 않았으면 아마 피 여사는 폐지를 주우면서 노후를 보냈
을 터였다. 동네마다 있는 그 노인들처럼.

피 여사는 마치 고독으로부터 도망치기라도 하는 것처럼 하

루를 바삐 보냈다. 피 여사는 가난할 때나 부유할 때나, 혼자 있을 때나 누군가와 있을 때나 평생 일찍 일어났다. 때로는 좀 쉬어야 했는데 피 여사는 쉴 줄 몰랐다. 어딘가 탈이 나야만 그때서야 몸조리를 했다.

엄청난 부자는 아니었어도 풍요로웠던 시절이 피 여사에게도 있었다. 전쟁 후 피영숙은 쌀장사를 했는데, 남편이 전라도에 내려가면 쌀값이 오른다는 말이 돌 정도였다. 그러다 남편이 노름으로 큰돈을 날리는 걸 넘어 큰 빚을 졌다. 집안의 기둥뿌리가 뽑혔다. 한 번도 써보지 못한 그 많던 돈이 물거품처럼 사라졌다.

남편이 노름으로 자산을 탕진해서 성남의 단칸방에 들어와 살던 때였다. 박정희 정권은 서울 청계천 주변 판자촌에 살던 사람들을 경기도 광주와 성남으로 보내버렸는데, 주거 환경이 처참했다. 사람들은 못 살겠다고 대규모로 저항하면서 엄혹했던 군사독재 정권에 맞섰다. 그만치 열악한 동네였던 성남에 북풍이 연일 몰아치던 어느 날, 연탄을 아끼려고 이불만 덮고 냉골에서 자던 피 여사는 풍을 맞았다. 오른쪽 눈이 감겼고 입이 삐뚤어졌다.

막내 여동생의 사돈이 한의사였는데 병원에서도 못 고친 사람을 살려내서 유명세를 탔다. 피 여사는 막내 여동생을 통해 소개받아 갔더니 한의사는 사돈이라고 점심도 사줬다. 여러

번 침을 맞아 입은 제자리로 돌아왔는데 눈은 도통 효과가 없
자, 사돈 한의사는 이상스레 여기면서 고개를 갸우뚱했다. 고
개를 갸웃거리는 사돈 한의사의 모습이 피 여사의 마음에 걸렸
다. 계속 신세 지는 게 불편해서 피 여사는 다시 가지 않았다.

 피 여사는 같은 교회에 다니던 권사에게 침술사를 소개받았
다. 강원도에서 왔다는 침술사가 용하다고 했다. 피 여사는 돈
이 없어서 집에 있는 담배 몇 갑을 들고 찾아가 침을 맞았다.
그런데 침술사가 강원도로 도로 가버리는 바람에 침을 한 번
밖에 맞지 못했다. 그렇게 피 여사의 오른쪽 눈은 감겨버렸다.
피 여사는 그 사람에게 한 번밖에 침을 맞지 못한 걸 두고두고
아쉬워했다. 피 여사는 자신의 어머니나 할머니처럼 시력을
잃지 않았지만 한 눈을 뜨지 못하게 됐다.

고통에서 벗어나길 바라는 마음으로

하루는 피 여사가 남동생 집으로 가고자 지하철을 탔다. 남동생은 일산 대화에서 살았고 피 여사는 성남에서 살았다. 피 여사는 수서에서 지하철 3호선을 타고 서울 남동쪽에서 북서쪽으로 가로질렀다. 끝에서 끝으로 가야 했다.

구파발을 지나 고양시에 들어서자 지하철엔 사람이 별로 없었는데, 대여섯 살 먹은 남자애가 피 여사를 계속 쳐다봤다. 맹랑한 아이는 다가와서 할머니 눈은 왜 그러느냐고 물었다. 피 여사는 아파서 눈이 이렇게 됐다고 답했다. 그 아이는 자기 자리로 돌아가서도 한참을 바라봤다. 피 여사는 내 눈이 어쩌다 이렇게 되었을까 회한에 잠기며 수치심과 서글픔을 느꼈다.

울화통이 터지는 일은 끝없이 생겼다. 피 여사는 자신이 살던 전셋집보다 약간 더 비싼 전셋집을 막내아들에게 구해줬으나 막내아들이 그 집마저 날려서 길거리에 나앉게 생겼다. 피 여사는 자신의 전셋집에 막내아들네를 들여보내고 딸의 집으로 갔다. 고통에서 벗어나길 바라는 마음으로 피 여사는 교회를 다녔다.

종교의 역사를 살피면, 하나같이 종교의 창시자는 남자이고 지도자의 자리도 남자가 차지한다. 반면에 그런 종교를 믿는 다수의 신도는 여성이고, 전도와 봉사 역시 여자들이 주로 담당한다. 여성이 종교에 더 관심이 많고 더 믿는 편인데, 피박 여사네도 그러했다. 박 여사는 개신교인이 되어서 가족들을 상대로 열심히 전도했는데, 가족 가운데 유일한 여성인 피 여사만이 교회를 같이 갔다. 나중에 박 여사는 결혼해서 남편에게 권유하고 두 아들을 낳은 뒤 교회에 데리고 다녔으나 역시나 세 남자는 손사래를 쳤고, 결국 혼자 교회에 다녔다. 장로 후보로 추천되었을 만큼 교회에 헌신했으나 여성인 데다 두 아들이 교회에 다니지 않는다는 이유로 장로가 되지 못했다.

피 여사는 교회에 다니면서 여러 일을 겪었다. 하루는 단체로 식사 자리가 있다고 해서 피 여사도 같이 갔다. 그런데 알고 보니 국회의원 후보가 내는 식사였다. 피 여사는 자신이 왜 밥을 얻어먹었는지 몰랐다. 그저 식사 대접이 있으니 가자고 해서 따라갔다. 식사가 진행되는 동안 국회의원 후보의 보좌진들이 유세를 했다. 그때는 이런 일이 흔했다.

피 여사는 나중에 텔레비전에 나온 대통령을 보면서 이 일화를 들려주었다. 그때 자신에게 식사를 제공한 국회의원 후보가 저렇게 대통령이 되었다고. 이 일화를 듣고, 나는 짐짓 엄숙한 태도로 선거법 위반이니 신고할 거라면서 으름장을 놓아보았다. 피 여사는 자기는 아무것도 모르고 그냥 가자고 해서 따라간 죄밖에 없다면서 당당한 태도를 취했다.

  종교 생활을 열심히 당당하게 했어도 피 여사의 수난은 계속 이어졌다. 교회에서 예배를 마치고 나오는 길에 혼잡스러운 상황에서 누군가 피 여사의 월남치마를 밟아 계단에서 굴러떨어졌다. 오른팔이 부러졌다. 교회 신도였던 한의사가 침을 놔줬지만 피 여사는 치료와 휴식을 취할 사정이 아니었다. 피 여사는 부러진 팔로 밥도 하고 빨래도 해야 했다. 뼈가 뒤틀린 채 붙어버렸고, 팔뚝 중간이 약간 오돌토돌하게 튀어나왔다.

  피 여사는 자신의 울퉁불퉁한 팔과 풍을 맞아 감긴 눈을 남들 눈에 띄지 않고자 노력했다. 피 여사는 사진 찍을 때마다 팔을 뒤로 숨기고 고개를 돌려 오른쪽 눈을 감췄다. 교회에서 찍은 단체 사진을 보면, 다들 정면을 보고 있는 가운데 피 여사만이 고개를 비스듬하게 한 채 몸을 반쯤 틀어 서 있었다.

젊은 사람들보다 더 빨리 뼈가 붙었다

노인이 되어 먹고살기가 어려워진 피 여사는 교회 권사의 소개를 받아 식모가 된 적도 있었다. 식모로 간 집의 안주인이 아팠다. 아내가 아프니까 남편은 집 밖을 쏘다녔다. 이미 자식들은 다 커서 출가한 가정이었다. 남편은 남자가 어떻게 참고 사느냐며 자신의 외도를 정당화했고, 여자는 바람피우는 남편 때문에 몸도 마음도 다 문드러졌다. 피 여사는 숨죽인 채 부부 싸움을 듣곤 했다.

피 여사는 아픈 여자를 간호하며 음식을 장만했다. 다들 반찬을 먹어보고는 맛있어했다고 피 여사는 강조했다. 피 여사는 자신의 할머니와 어머니의 손맛이 좋아서 인근에 소문이 났었다는 얘기를 자주 했다. 어떤 환자가 피 여사네 김치를 먹고 싶어 해 할머니가 김치를 가져다준 일화는 피 여사의 단골 자랑거리였다. 피 여사는 집안의 음식 솜씨를 통해서 자기의 손맛을 에둘러 뽐냈다.

어느 무더운 여름이었다. 집안에 행사가 있어서 많은 사람이 왔다. 에어컨을 세게 틀어놓았고, 식모였던 피 여사는 마루

한 귀퉁이에서 웅크리고 잤다. 다음 날 입이 또 삐뚤어졌다. 그 날로 식모를 그만두고 친척의 아들이 하는 한의원에 가서 침을 맞았다. 조카뻘 되는 한의사는 진찰해보더니 입만 되돌리자고 했다. 눈은 굳어져서 침을 맞아봤자 아프기만 할 거라고 했다. 침을 맞으니 두 번째로 돌아갔던 입은 다시 제자리로 돌아왔다. 피 여사는 또다시 풍을 맞을까 두려워했고, 서늘한 바람이나 추위를 몹시 싫어했다.

피 여사의 수난은 계속됐다. 식모살이를 마치고 셋째 아들과 용인의 야산에서 살았을 때였다. 아들이 어딜 나간 아침에 천장에 붙은 파리를 잡으려고 의자에 올라갔다가 의자가 넘어지는 바람에 거꾸러졌다. 피 여사는 아픈 몸을 이끌고 무작정 서울행 버스를 탔다. 말죽거리에 도착한 뒤 사람들에게 물어서 근처의 정형외과에 들어갔다. 병원에서는 갈비뼈 네 개가 나갔으니 입원하라고 권유했는데, 돈이 없어서 피 여사는 아픈 몸을 끌고 집으로 돌아왔다.

피 여사는 욱신거리는 옆구리를 붙잡고 끙끙대면서 날마다 기도했다. 20일이 지났을 무렵 꿈을 꿨다. 꿈속에서 얼굴은 보이지 않는데 손이 나타나 갈비뼈를 터덕터덕 손으로 붙여주었다. 피 여사는 그 손이 예수의 손이라고 믿어 의심치 않았다. 다시 양재에 있는 정형외과에 갔더니 젊은 사람들보다 더 빨리 뼈가 붙었다면서 어떻게 된 거냐고 의사가 놀라워했다.

피 여사는 자신은 열심히 기도를 드린 것밖에 없고 예수님이 나타나 자신의 갈비뼈를 붙여주었다고 수줍어하면서도 당당하게 얘기했다. 불교도였던 의사가 멋쩍은 웃음을 지으니 피 여사는 자신의 믿음에 대한 감탄으로 여기고 그 웃음에 화답하고자 빙그레 미소를 지었으리라고 나는 그날의 진료실을 상상했다.

다행스레 피 여사의 뼈가 일찍 붙었지만 그 뒤로 비가 오는 날이면 피 여사는 옆구리가 시렸다. 피 여사는 시린 옆구리를 붙잡고 친족들의 안녕을 위해 바삐 움직였다.

사돈어른과의 어색한 오후

누군가 아이를 낳을 때마다 피 여사는 출동했다. 내가 태어
났을 때도 피 여사가 왔다. 엄마와 아빠가 출근하면 피 여사가
나를 돌봤다. 피 여사는 새벽 일찍 버스를 타고 왔다가 엄마가
퇴근하면 자신이 머무는 성남 단칸방에 돌아가 잠깐 몸을 뉘
었다가 또 꼭두새벽에 일어나 버스 정류장으로 다시 발걸음을
옮겼다.

한번은 나를 보러 아빠의 아빠, 즉 할아버지가 시골에서 상
경했다. 할아버지는 집 주소와 전화번호를 적은 종이를 가지
고 혼자 길을 찾으려 했다. 그러나 시골 노인 앞에 펼쳐진 서울
풍경은 극심한 혼돈이었다. 할아버지는 좀처럼 집을 찾지 못
하고 헤매다가 행인에게 사정을 얘기했다.

행인이 공중전화로 소식을 전했다. 피 여사는 나를 들쳐 업
고 허둥지둥 서둘러 갔으나 이미 시간은 좀 지났었다. 전화를
걸어준 행인은 이렇게 늦게 오면 어떡하느냐면서 화를 내자
피 여사는 애를 업고 오느라고 늦었다고 연신 고개를 낮췄다.

"그 사람이 비록 성질을 냈지만 그냥 가도 되는데 할아버지

랑 같이 있어준 거 보면 좀 착한데요?"

"책임이라는 게 있잖아. 그래도 노인네를 인계해야지."

이 일화는 내겐 어쩐지 낯설었다. 사회의 분위기가 변했음을 미루어 짐작할 수 있었다. 오늘날 노인이 말을 걸면 일단 경계하거나 그냥 무시하는 일이 많을 것이다. 길을 가르쳐주더라도 간단히 알려주고 자기 갈 길을 바삐 가는 사람이 태반일 것이다. 그때 전화를 걸어주고 자기 시간을 내주면서까지 할아버지와 같이 기다려준 행인의 태도는 무척이나 생경했다.

사돈어른을 인계받은 피 여사는 잔뜩 긴장한 채 할아버지를 데리고 집으로 왔다. 할아버지는 시골에서 갓 상경한 티가 팍팍 났다. 할아버지는 시골 사람들이 흔히 신는 새파란 신발을 신고 왔는데, 바닥에 진흙이 잔뜩 껴 있었다. 피 여사는 현관에서 신발을 털어 진흙을 없앴다.

두 사돈 노인은 자식 부부가 올 때까지 어색한 오후를 보냈다. 옹알이를 하고 있던 나의 귀여움만으로는 두 사돈 노인의 어색함을 풀 수 없었다. 방이 두 개라서 피 여사는 큰방에 사돈어른을 모셨다. 그런데 퇴근하고 돌아온 피 여사의 사위가 자기 아버지와 방을 쓰기 싫어했다. 예나 지금이나 아버지와 아들의 사이는 그리 좋지 않았다. 할아버지는 이틀 정도 머물다가 다시 시골로 내려갔다.

사라진 손자

피 여사는 나를 오래 돌봐줬다. 내가 아장아장 걸을 때를 지나 뛰어다닐 때까지 와서 나를 키웠다. 그러던 어느 날, 피 여사가 집안일을 하는 동안 내가 잠가놓은 대문을 열고 나가버렸다. 피 여사의 등줄기로 식은땀이 흘러내렸다.

아동 유괴가 심심찮게 일어났고 인신매매 사건이 방송과 신문을 장식하던 시절이라 피 여사는 불안과 두려움 속에서 나를 찾아 나섰다. 동생을 포대기에 업은 채 정신없이 온 동네를 뒤져도 내가 없자 세상이 무너진 것 같았다. 피 여사는 나를 찾느라 땀에 흠뻑 젖고 산발이 되었다.

지쳐서 집에 돌아온 피 여사는 퇴근한 딸과 함께 다시 나를 찾아 나섰다. 어둠이 몰려오고 있었고, 피 여사의 마음은 타들어갔다. 헐레벌떡 뛰어다니던 박 여사가 옆 동네 놀이터에서 나를 발견했다. 나는 어스름이 깔리고 있는 옆 동네 놀이터에서 애들과 천진난만하게 놀고 있었다.

박 여사는 아들을 찾았다는 사실에 안도했다. 마음이 놓여 한숨을 크게 쉬고 난 뒤 옆 동네 아이들에게 얘를 아느냐고 물었더니 아이들은 모른다고 답했다. 박 여사는 황당한 표정으로 나를 바라봤고, 박 여사의 마음고생을 아는지 모르는지 나는 순진무구하게 웃고 있었다 한다.

유치원 다닐 때도 피 여사가 곁에 있었다. 유치원 때 찍은 사진을 보면 피 여사가 있다. 동생의 재롱 잔치에도 피 여사가 함께했다. 피 여사는 연지 곤지를 하고서는 전통 혼례의 신부 차림도 했고, 우스꽝스러운 광대가 되기도 했다. 피 여사는 사진 속에서 쑥스러워하면서도 이 모든 걸 즐기는 듯 보였다.

내가 학교에 들어가고 쑥쑥 자라 손이 덜 가자 피 여사는 여전히 새벽 일찍 일어났으나 버스를 타지 않게 되었다. 대신에 저 멀리 자신의 피붙이들이 건강하도록 물을 떠다 놓고는 기도를 드렸다.

헐벗은 가슴으로 상처를 끌어안고

   피 여사가 우리 집을 떠난 결정적 원인은 사위와의 갈등 때문이었다. 장모와 사위가 서로 정답게 챙기는 집도 있겠지만 우리 집은 그리 원만하지 않았다. 가족 사이가 좋으려면 구성원들 각자 마음 수양을 줄기차게 하고, 타인에 대한 존중을 익혀야 하는 동시에 경제 형편이 어느 정도 괜찮아야 한다. 빈궁에서 오는 스트레스는 가족 관계에 균열을 일으키기 십상이다.

   나는 학교 다닐 때 가정환경 조사서에 아버지의 직업을 공무원이라고 적었다. 거짓이었다. 아버지가 지금의 재경부라고 할 수 있는 상공부 소속이었지만 계속 다니지는 않았다. 아버지는 도박으로 큰돈을 날렸고, 사채로 끌어다 쓴 도박 빚을 갚고자 박 여사가 고생을 억수로 했다. 아버지는 자신의 불행한 처지를 술과 담배로 달래려 했다. 아버지의 몸은 망가져갔고, 여러 병을 앓았다.

   나는 집으로 친구를 데리고 온 적이 없었고, 나의 가정환경을 철저히 숨겼다. 집안 형편은 어린 심장에 박힌 독화살과 같았는데, 나는 신음 소리가 새어나가지 않도록 어금니를 꽉 깨

물었다. 한번은 친구와 같이 거리를 걷다가 아버지를 마주친 적이 있었는데, 친구는 아버지를 보면서 거지 같다고 했다. 나는 맞장구를 치지 못한 채 머쓱하게 웃어 보였다.

나는 살면서 아버지와 대화를 해본 적이 없었다. 아주 어릴 때부터 아버지를 싫어했다. 아버지도 어릴 때는 나에게 심부름도 시키다가 내가 좀 커서는 나의 반항기 때문인지 자격지심 때문인지 말을 걸지 않았다. 죽기 바로 직전에 박 여사가 다급하게 나를 불렀으나 나는 가지 않았다. 죽을 때마저도 아버지를 용서하지 않았다. 아버지에 대한 원망을 떠나보내기까지 오랜 시간이 걸렸다.

이런 사위가 피 여사의 눈에 찰 리가 없었다. 아버지 역시 장모가 아들네 집도 아니고 딸네 집에 와서 살고 있는 게 불편했다. 둘 다 인생이 잘 풀리지 않았고, 건드리기만 하면 터지는 폭탄이 가슴속에 있었다. 둘의 충돌은 필연이었다.

하루는 박 여사가 미용실에 갔다. 박 여사에게도 절약 정신이 몸에 배어서 값싸게 파마를 해주는 먼 곳의 미용실을 다녔다. 아내를 찾았으나 머리하러 나갔다는 장모의 말에 아빠는 "뭐 하러 머리를 해. 닭대가리가"라는 막말을 내뱉었다. 그 말을 들은 피 여사는 울분을 토하면서 사위를 꾸짖었다. "닭대가리라니, 자네보다 더 똑똑하네. 돈 한 푼 벌지 못하고 얹혀사는 주제에, 닭대가리라니."

장모의 비난에 사위도 흥분해서는 딸네 집은 1년에 한 번만 와야 된다고, 다른 데로 가라고 장모를 타박했다. 피 여사는 여태까지 자기 자식들 키워준 장모를 무시하는 사위에게 열이 받아 사위의 머리채를 잡았다. 머리채를 잡힌 사위는 순간 당황해하면서도 이내 자신도 장모의 머리채를 붙잡았다. 가관이었다.

그때 내가 뛰쳐나가 빗자루를 휘두르면서 소리를 질렀다. 분노에 눈이 멀어 아버지를 좀 패려고 작정했었다. 두 사람은 나의 출현에 당혹해했고, 피 여사는 다급하게 "니 아버지는 환자다, 환자"라면서 나를 뜯어말렸다.

자라면서 겪은 소소한 일도 다 기억하는 나에게도 할머니와 아빠가 서로 머리채를 붙잡고 싸운 일은 가물가물했다. 잊고 싶은 불편한 기억이었기 때문일 것이다. 그런데 어느 날 피 여사가 나에게 기억나느냐면서 갑작스레 이 머리채 사건을 꺼냈다. 사위와 같이 머리채를 붙잡고 싸운 일은 피 여사의 삶에서 손꼽히는 충격이었을 테고, 잊으려야 잊을 수 없었을 게다. 억울함, 분노, 서운함, 민망함, 나름의 통쾌함 등등의 복합된 감정으로 뒤엉킨 채 피 여사의 가슴 한구석에 담겨 있었으리라.

지독한 전투를 같이 치른 전우들이 훗날 모여서 과거를 회상하듯 피 여사가 어느 날 불쑥 머리채 사건을 언급하자 나는 비로소 그 상황이 떠올랐다. 둘의 싸움을 들으면서 참고 참다가 주위를 둘러보고 빗자루가 눈에 띄어서 들고 뛰쳐나간 그 때가. 화목하지 않은 가정에서 지낸다는 건, 궁핍한 가정에서 큰다는 건, 참으로 서글프게 씁쓸한 일이었다. 사위를 원망하던 피 여사도, 스스로 삶을 망가뜨리고 신세 한탄하던 아버지도, 빗자루를 들고 뛰쳐나가 휘두르던 나도, 헐벗은 가슴으로 상처를 끌어안고는 세월을 견뎠다.

미래를 향해 쏜 화살

집에서 밥을 먹는데 급식 얘기가 나왔다. 내가 학교를 다닐 때는 무상 급식 정책이 시행되기 전이었고, 돈을 따로 내야만 밥을 먹을 수 있었다. 갑자기 박 여사가 울컥했다. 그때 당시엔 내가 반장이라서 봉사하는 줄 알았는데, 급식비를 아끼려고 식당 도우미를 자청했다는 걸 뒤늦게 전해 들었다면서. 박 여사의 말을 듣고서야 떠올랐다. 의식에선 지워져 내가 급식 도우미였다는 사실조차 기억하지 못하고 있었는데, 가만가만 생각해보니 기억의 서랍장 안에 고스란히 간직되어 있었다.

나는 좀 이상한 고등학생이었다. 드센 성격에 덩치가 큰 편인 데다 피부가 매우 안 좋았던 나는 머리를 빡빡 밀고 거리를 헤매고 다녔다. 누가 시비라도 걸어줘서 길거리 싸움이라도 하고픈 마음이 굴뚝같았다. 하지만 나와 마주친 사람들은 황급히 얼굴을 돌리며 피했다. 고1 때는 입학하고 한 달 정도 조용히 뒤에 앉아 있었더니 아무도 나에게 말을 걸지 않았다. 밀림 같은 남자 고등학교에서 애들은 초반에 서로 으르렁거리며 서열을 정하곤 하는데, 나는 험상궂은 얼굴과 눈의 살기 때문에 고등학교 생활을 편안하게 했다.

나는 공부에 열의가 없었고, 학업 성취도가 썩 높지 않았다. 그렇게 대충 살다가 고2 때 느닷없이 반장 선거에 나가 반장을 했다. 청소년기엔 좀 과격하게 굴면 남자애들 사이에서 주목을 받기 십상이고, 나도 그러한 경우였다.

급식 도우미를 하는 건 다른 남자애들 눈에 없어 보이는 일이었다. 나는 주눅 들기보다는 오히려 더 세게 나갔다. 나는 외모를 이용했다. "깨끗이 먹어라" 한마디 하면 어련히 식당이 좀 깨끗해지기를 기대했던 것이다. 하지만 남자애들은 천진하게 소란을 피우거나 식당을 어지르기 일쑤였고, 배급을 끝내고 뒤늦게 식당에 나가보면 엉망이었다.

급식 도우미가 어려운 일은 아니었다. 4교시가 끝나기 20분 전쯤 선생님께 양해를 구하고 식당에 가서 준비한 뒤 학생들이 오면 반찬을 나눠줬다. 반찬을 공정하게 나눠주겠다는 포부를 안고 균일한 양으로 배식하는 데 열중했고, 친한 아이에게는 괜히 인심 쓰듯 더 주기도 했다. 배식이 끝나면 점심시간이 끝나가고 있었고, 밥을 서둘러 먹었다. 그러고는 식당을 간단히 정리하고 교실로 돌아와 5교시를 시작했다. 일상에 큰 지장을 초래하지는 않았다. 같이 급식 도우미를 한 1학년 후배들도 조금 무서워하면서도 내게 호기심을 보이며 다가왔고, 나중에 서로 친해져 시시덕거렸다.

그런데 당혹스럽게도 이제 와 감정이 출렁거렸다. 박 여사의 울컥하는 모습을 보자 나도 덩달아 마음 한쪽이 울렁거렸다. 거칠게 행동하고 험한 말을 내뱉던 그때의 내가 안타까웠고, 교실을 빠져나와 혼자 털레털레 급식실로 걸어가던 내가 안쓰러웠다. 점심시간에 아이들과 어울려 놀고 싶었지만, 급식비를 아끼기 위해 점심시간을 지불해야 했다. 그때는 덤덤한 척했건만 뒤늦게 마음이 아려왔다.

무덤덤하게 넘기려 한 외로움은 마치 미래를 향해 쏜 화살 같았다. 당장은 괜찮더라도 외로움의 화살은 아주 긴 시간이 지나 내 마음 한가운데에 명중했다. 나는 강한 척하면서 외로움을 무시하려 했으나 외로움은 나를 잊지 않았다. 나는 내 속내를 그 누구에게도 말한 적이 없었고, 타인에게 기대려고 한 적도 없었다. 내 안엔 해소되지 않은 어린 날의 고독이 쌓여 있었다. 나의 맨 밑 서랍장에 쟁여 있던 외로웠던 기억들이 피 여사와 이야기하면서 자꾸 소환되었다.

타인의 마음을 들여다본다는 건 결국 자신의 마음을 들여다보는 일이었다. 피 여사의 외롭고 괴로운 시절을 듣다 보면 저절로 나의 지난날이 떠올랐다. 피 여사의 살아온 이야기를 들으면서 내가 살아온 여정을 되돌아봤다.

그렇다. 모두가 각자의 사정이 있고 슬픔이 있는데, 홀로 견뎌야 하기 때문에 우리는 외롭다.

시어머니와 며느리는 불화가 필수

어느 집에나 갈등과 고통이 있다. 다들 쉬쉬하지만 발 없는 말이 천 리 간다는 속담처럼 남의 가정사는 빠르게 퍼진다. 피여사는 자신과 가장 가까운 언니가 겪는 갈등에 마음을 무척썼다. 언니네의 고부 갈등은 전화를 통해 생생하게 중계되었다.

피 여사의 언니는 네 아들에 세 딸을 슬하에 두었다. 한국의대다수 가정이 그러했듯 큰아들이 피 여사의 언니를 모셨다. 고부 갈등이 있었다. 다른 자식들 집으로 가기도 했으나 어디나 늙은 엄마를 부담스러워하기는 매한가지였다. 어쩔 수 없이 피 여사의 언니는 큰아들 집에 주로 머물렀다.

피 여사는 언니 편에 서서 큰며느리가 못됐다고 험담했다. 피 여사는 언니가 전해주는 일화에 감정 이입해서 언니 며느리에 대한 불평불만을 뿜어냈다. 피 여사의 언니는 한번 전화하면 한 시간은 기본으로 울화통을 터뜨렸다. 피 여사는 언니가한 얘기를 또 한다고 볼멘소리하면서도 막상 통화할 때는 맞장구를 쳐주며 잘 들어줬다. 그러고선 들은 얘기를 그대로 나에게 전달했다. 나는 한 번도 본 적 없는 사람들의 갈등을 마치 내가 겪는 일처럼 생생하게 전해 듣는 처지였다.

시어머니와 며느리 사이에선 불화가 생기기 마련이었다. 핏줄끼리도 티격태격하는데, 수십 년 동안 따로 살던 사람들이 갑자기 한집에서 원만히 살아가기란 호락호락한 일이 아니었다. 더군다나 한국 현대사를 냉정하게 진단하면, 다들 가난한 데다 충분히 배우지 못했고, 타인의 입장에서 생각하는 문화가 정착되지 않았으며, 거친 풍파를 겪으면서 성격들이 사나웠다.

피 여사의 언니와 며느리도 둥글둥글한 성격이 아니었고, 배움이 짧았으며, 넉넉한 형편도 아니었다. 화목하길 기대하는 것 자체가 어쩌면 어리석은 일이었다.

때리는 시어머니보다 말리는 시누이가 더 밉다

고부 갈등은 거의 모든 집에서 벌어졌다. 피 여사의 어머니도 예외가 아니었다. 피 여사의 어머니는 아들네 집에서 살았고, 며느리와 마찰을 빚었다. 피 여사는 자신의 어머니가 겪은 일화를 나에게 들려주곤 했다.

한번은 며느리가 낳은 예쁜 딸이 아침에 일어나 배가 아프다고 했다. 손녀의 말을 들은 피 여사의 어머니는 며느리에게 배가 아픈지 고픈지 아이가 헷갈릴 수 있으니 일단 죽을 끓여서 먹여보라고 했다. 그러자 며느리는 "배가 아프다고 하는데요"라며 퉁명스러운 목소리로 응수한 뒤 소화제를 한 통 다 먹였고, 아이는 그날 숨이 멎었다.

손녀를 잃은 시어머니의 충격이 며느리에 대한 미움과 뒤엉킨 채 피 여사에게도 전해졌다. 피 여사는 죽은 조카를 생전에 한 번도 보지 못했으면서도 이 사건을 자신이 겪은 것처럼 얘기했다. 그러나 위의 일화는 시어머니 관점에서 구성되었으므로, 며느리가 기억하는 사건과 다를 수 있었다. 중요한 건 자기 딸을 잃은 엄마의 심정이 어떠할지 시어머니는 말할 것도 없고 시누이나 남편도 헤아리지 않았다는 사실이었다.

피 여사가 피 여사 어머니의 며느리, 곧 자신의 올케와 직접 부딪친 적도 있었다. 피 여사가 남동생 집에 와 있을 때였다. 남동생의 아들이 밖에서 뛰어놀다가 땀에 젖어 집으로 들어왔다. 피 여사의 올케는 자신의 아들에게 "할아버지에게 물 떠다 달라고 해서 세수하고 올라와"라고 소리쳤다. 그러자 피 여사가 도끼눈을 뜨고 올케를 신랄하게 몰아붙였다.

"지가 떠서 아들을 씻겨야지. 아니, 아니, 고모나 할머니에게 물 떠다 달라고 해라, 이러면 내가 뭐라고 안 해. 할아버지에게 물 떠다 달라고 해라, 이게 말이 되는 소리야? 할아버지가 머슴이야? 머슴?"

그때의 감정이 끓어오르는지 피 여사는 연속극 속 미운 시누이처럼 앙칼진 목소리로 자신이 내뱉던 말을 고스란히 나에게 들려주었다. 나는 한 편의 연극을 보는 관객 같은 기분으로 피 여사의 얘기를 듣다가 재수 없는 비평가처럼 말했다.

"할아버지가 손자를 아끼니까 씻겨줄 수도 있는 거죠. 할아버지가 머슴처럼 좀 굴면 어때서 그래요?"

"지가 물을 떠다 주기 싫으면 할머니나 고모인 나도 있는데 왜 할아버지에게 떠다 달라고 해? 그건 말도 안 되는 거지."

피 여사는 자신의 아버지에게 정 한 번 받지 못하고 컸으면서도 가부장의 권위가 깎이는 일에 분개했다. 자신이 올케를 구박한 일에 조금도 미안해하지 않았다. 올케가 미련해서 욕을 먹어도 싸다고 여겼다. 때리는 시어머니보다 말리는 시누이가 더 밉다는 속담이 왜 생겨났는지 알 것만 같았다.

피 여사와 올케는 그전부터도 여러 번 부딪쳤는데, 며느리를 못마땅하게 여기는 어머니의 감정을 전해 받아 치르는 대리전의 성격이 있었다. 피 여사는 자기 어머니가 며느리 욕하는 걸 전해 들으면서 올케에 대한 미움을 품어왔다.

시부모와 며느리의 갈등은 대를 이어서 계속 일어났다. 피 여사의 남동생도 며느리와 갈등했다. 남동생은 아내 없이 큰아들 내외와 같이 살고 있었다. 일제에 강제로 동원되었다가 해방을 맞은 뒤 다시 국군에 징집되었던 피 여사의 남동생은 험난한 시절을 겪어 성격이 꼬장꼬장했다. 며느리를 상냥하게 대하지 못했다. 며느리는 날마다 시아버지에게 잔소리를 듣는데다 여러 가지로 억울한 감정이 쌓이자 남편과 따로 나가 살았다. 피 여사는 남동생의 편에 서서 며느리가 시아버지를 모시고 살지 않는다고 남동생의 며느리도 마뜩잖아했다.

피 여사는 자신이 며느리일 땐 시댁의 문제를 까발리는 데 열을 냈으나 친족의 입장에선 철저하게 핏줄 중심으로 판단했다. 며느리 입장은 안중에 없었다. 가끔 내가 듣다가 며느리도 억울하겠다거나 며느리의 처지도 이해해줘야 한다고 하면 피 여사는 나를 흘겨봤다.

피 여사의 자식들

피 여사의 자식들 역시 평탄한 삶을 살지 못했다. 피 여사는 자식의 고통을 자신의 고통처럼 여기면서 이중으로 고통을 당했다. 피 여사는 두 번 결혼해서 네 아들과 박 여사를 낳았다. 처음 남편에게서 두 아들을 얻었고, 재가해서 딸을 낳고는 아들 둘을 더 낳았다.

피 여사는 첫째 아들과는 연락하지 않았다. 첫째 아들은 다른 형제자매들과도 교류가 없었다. 첫째 아들은 대인관계가 원만하지 않았다. 아내와도 이혼했다.

덩치가 우람한 둘째 아들은 택시 운전을 했다. 오랜 고생 끝에 개인택시를 몰았고, 저녁부터 새벽까지 운전했다. 밤낮이 바뀐 생활 때문인지 둘째 아들은 얼굴색이 어두웠다. 운전사의 얼굴과 체격을 보면 손님이 돈을 떼먹고 도망칠 엄두가 나지 않을 인상이었다. 그러나 취객들이 많았고, 알딸딸한 손님들은 운전기사에게 시비를 걸어왔다. 둘째 아들은 손님에게 뭐라고 할 수 없어 억울하게 맞은 적도 있다고 분통을 터뜨리며 이야기했다.

둘째 아들의 나이도 이미 일흔을 훌쩍 넘겼다. 낮밤이 바뀐 생활에다 고혈압과 당뇨 등등의 기저 질환을 앓았다. 둘째 아들은 자신이 먹어서 효과를 얻은 보조제를 피 여사에게 사다 주곤 했다. 둘째 아들은 형과 연락되지 않는다고 답답해하면서도 당장 자신의 생계를 위해 바삐 살았다. 둘째 아들도 화목한 가정을 꾸리지는 못했다.

두 아들은 의붓아버지에게 맞으면서 크다 보니 아무래도 어머니와 서먹서먹했다. 내가 어릴 적엔 피 여사가 재가한 줄도 몰랐고, 박 여사 위로 두 오빠가 있는 줄도 몰랐다. 그만큼 두 아들과 피 여사는 왕래가 없었다가 근래에 들어서야 둘째 아들이 찾아오기 시작했다.

셋째는 박 여사였다. 박 여사는 어릴 적부터 노름하고 폭력을 휘두르는 지상의 아버지가 아닌 사랑으로 자신을 보호하는 천상의 아버지를 필요로 했다. 박 여사는 집안에 교인이 아무도 없었는데도 알아서 교회를 찾아갔다.

박 여사가 고등학교에 다니고 있을 때, 아버지의 노름으로 집이 거덜 나면서 큰 위기를 맞았다. 박 여사는 당시 명문이었던 서울사대부고를 다녔다. 그 고등학교 출신 중에 사회 저명인사들이 꽤 있었다. 내가 어릴 때 박 여사는 누군가를 가리키면서 자신의 고등학교 선배라고 알려주곤 했었다. 박 여사는 사대부고 동문회보를 지금도 받아보고 있다. 박 여사는 사대부고를 졸업하고 서울교대에 진학해서 일찍부터 돈을 벌었다. 집의 생계를 책임지는 일은 박 여사에게 고달픈 시간이었으나 그만큼 자존감을 이루는 원천이 되었다. 피 여사의 자식들 가운데 박 여사만이 고등학교를 졸업했고 대학을 다녔다.

박 여사가 내세울 만한 업적이 또 있다면, 둘째 아들이 서울대 경제학과 출신의 변호사가 된 일이다. 자식의 출신 학교와 직업이 곧 부모의 업적으로 여겨지는 한국이다. 박 여사는 수많은 모임에서 자식 자랑을 겸손하게, 그러나 줄기차게 했으리라고 예측된다. 나에 대해서는, 음…… 아주머니들끼리 탄식을 하면 박 여사는 멋쩍게 웃으면서 화제를 바꾸려고 했으리라 추정된다.

내가 널리 알려진 작가가 되었다면 박 여사가 더 행복했겠지만, 나는 유명해지는 데 거부감이 있었다. 마음 한편에선 분명 유명해지고 영향력을 발휘하고 싶으면서도 다른 한편에선 그런 속물적인 욕망을 경멸했다. 나는 분열된 태도로 작가 생활을 해왔고, 그 결과는 신통치 않았다. 꾸준히 작업했으나 세상의 반응은 차디찼다. 글이란 마음과 마음이 만나는 길이고, 독자의 마음을 움직이게 하려면 작가가 먼저 마음을 열어야 하는데, 나는 작가가 누구인지 알 수 없는 글을 써왔다. 자기를 내세우는 글들이 넘쳐나는 세상에서 나는 '나'를 드러내지 않는 미덕을 발휘한다고 여겼으나, 사실 남들에게 나를 드러내는 데 두려움이 있었다. 나의 고독과 고통과 슬픔을 남들이 아는 게 싫었고 두려웠다. 그렇게 나는 어디에도 소속된 곳 없이 무명의 시절을 견뎌왔고, 박 여사는 짙은 한숨을 내뿜었다. 뿌연 안개 속에서 홀로 끙끙대는 나를 보면서 박 여사는 자신의 남동생이 혼자 사는 게 보기가 좋으냐고 나를 채근하고 회유했다.

셋째 아들과 막내아들

　박 여사의 남동생도 곤경의 인생이었다. 청소년 시절에 집이 쫄딱 망해서 잠잘 방이 없었다. 쌀장사하면서 현금을 잔뜩 쌓아두던 집이 순식간에 쌀독이 텅 비었다. 셋째 아들은 고등학교에 입학한 지 얼마 되지 않아 자퇴하고는 나가 살았다. 살 집이 없어서 강제로 사회로 진출된 셈이었다.

　군대도 자진해서 일찍 갔지만 제대하고 나서 좀처럼 취직되지가 않았다. 주민등록의 본적은 춘천이었는데 원적이 평안남도로 기재되어 있었다. 평안남도 근처도 가본 적이 없는 셋째 아들이었지만 당시엔 반공 사상으로 말미암아 마녀사냥이 벌어졌고, 이북과 연결된 사람들은 공공연하게 차별받았고, 숨죽인 채 살아야 했다. 이제는 연좌제를 없앴다고 해도 박 여사는 자신의 아버지가 이북 출신이라는 사실을 철저히 숨겼다. 나 역시 피 여사와 이야기하면서 최근에야 알았다.

　좌절감에 방황하던 셋째 아들은 어렵사리 공장에 들어갔는데, 친구들과 회사 물건을 빼돌리다 발각되어 교도소에서 6개월을 살았다. 피 여사는 같이 훔쳤던 아들의 친구 하나는 외국으로 내뺀 뒤 아직까지 한국에 돌아오지 못했다고 얘기했다.

나는 피 여사의 얘기를 듣고는 셋째 아들이 피 여사를 보러 왔을 때 친구가 외국으로 달아나서 아직도 안 들어왔냐고 물었다. 셋째 아들은 무슨 말이냐면서 한국에 들어와 잘 살고 있고, 요새 경륜에 푹 빠져서 정신 못 차리고 있다고 알려줬다. 피 여사도 그 자리에서 셋째 아들의 친구가 귀국한 지 오래되었다는 얘기를 같이 들었지만, 나중에 그 친구가 외국으로 도망가 있다고 계속 주장했다. 각인된 기억은 좀처럼 수정되지 않았다.

셋째 아들은 원양어선을 탔다. 여러 해 동안 북극 가까이까지 나가 물고기를 잡았다. 셋째 아들은 원양어선을 타면서 겪은 희한한 일들을 나에게 들려줬다. 그는 청결하지 않은 환경에서 어묵 만드는 걸 본 뒤로는 어묵을 먹지 않았다. 요즘은 어묵 만드는 위생 환경이 깨끗해졌다고 해도 그때의 충격이 가시지 않았는지 여전히 먹지 않았다.

셋째 아들은 원양어선으로 번 돈으로 용인 변두리에 야트막한 산을 사서는 흑염소를 키우고 밭농사를 지었다. 몇 년 뒤 개발 열풍이 용인까지 불어닥쳤다. 셋째 아들은 꽤나 쏠쏠한 가격에 땅을 팔았고, 근처에 작은 주택을 하나 장만해서는 한가로이 술 마시고 당구를 쳤다. 자신의 밭이었던 산으로 가서 심심풀이로 밭농사도 지었다. 땅은 팔렸지만 개발 계획은 착수되지 않았다. 셋째 아들은 자신의 옛 땅에서 밭농사를 계속했다.

셋째 아들은 술에 취해 살았다. 술을 마시지 않는 날이 없었다. 어느 날은 술에 취해 도로 한복판에 드러누워 일어나질 않아 같이 술 마시던 친구가 답답한 마음에 전화를 걸었고, 박 여사가 뛰어나가 동생을 붙잡고 흐느꼈다.

막내아들의 인생도 기구했다. 막내는 학창 시절엔 농구를 했다. 그러나 집이 망하는 바람에 농구를 접을 수밖에 없었고, 학교생활도 접었다. 막내는 결혼도 일찍 했다. 막내아들 부부는 열심히 살아보려고 했으나 하는 일마다 망했다. 누이가 없는 돈을 어떻게든 융통해서 빌려주었는데 밑 빠진 독에 물 붓기였다. 그들이 차린 잡화점은 1년이 안 되어 다른 사람에게 넘어갔고, 빚을 내어 택시를 마련해줬으나 반년이 안 되어 담보 잡혔다. 박 여사는 막냇동생네를 돕기 위해 사달라는 물건도 여러 번 사줬다. 보증을 섰다가 박 여사가 온통 빚을 뒤집어쓰기도 했다. 그래도 그들은 자립하지 못했다.

막내에겐 두 아들이 있었으나 키울 형편이 안 되었다. 막내는 두 명의 자식을 누이에게 맡긴 채 다시 도박했다. 큰돈을 날릴 때마다 막내아들은 다시 도박하면 자기가 사람 새끼가 아니라고 울부짖었지만 도박을 끊어내기란 핏줄을 끊어내는 것보다 어려웠다. 도박에 미쳐 한생을 탕진하던 막내는 자식과 아내에게마저 버림받았다.

내 처지가 지옥 같더라도

　나는 피 여사가 살아온 이야기를 들을수록 더 나긋나긋하게 피 여사를 대했다. 피 여사에게 친절했던 남자가 살아오면서 몇 명이나 될까 싶었다. 남자들 역시 나름 최선을 다해 열심히 살았을 테고, 가족들을 부양하느라 무지하게 고생했다. 하지만 그 과정에서 자신이 겪은 고통을 여자들에게 전가하기 일쑤였다. 피 여사의 인생을 통틀어 고마운 남자보다 설움을 안겨준 남자가 더 많았다. 피 여사뿐 아니라 앞 시대 여자들 거의 모두가 불행했다. 사람들이 자기 엄마를 생각하자마자 다들 울먹이는 것만 봐도 알 수 있다.

　과거의 고통으로부터 여자들이 얼마나 벗어났을지 나는 요즘 세상을 생각해봤다. 약간은 나아진 것 같다. 이 의견에 요즘 여성들이 동의하지 않을 수 있다. 아직도 불평등하고 부조리하고 여성에게 가해지는 모욕과 폭력이 넘실대는 세상이니 말이다. 이렇게 말하면 어떨까. 지금도 불평등하지만 그때는 더욱 심했다.

　과거의 나였다면 환멸을 느끼면서 이따위 세상 얼른 망하라고 야유만 했을 텐데, 피 여사의 인생사를 들으면서 생각이 달라졌다. 다행스러운 변화를 억지로 외면하면서 단면적으로 세상을 냉소하고 싶지 않았다. 아직도 갈 길이 멀다고 해서 여태까지 걸어온 길을 부인할 필요는 없었다. 과거보다 현재가 조금이나마 분명히 나아졌다. 나와 이 시대를 살아가는 젊은이들의 처지는 피 여사를 비롯한 앞 시대 사람들의 처지보다 약간이라도 낫다. 앞 시대와 현대 둘 가운데 하나를 선택해야만 한다면 나는 현대를 고를 것이다.

나는 나보다 더한 고통에 시달려온 피 여사 이야기를 들으면서 겸허해지는 기분이 들었다. 그동안 나는 내 불행만 너무 크게 느끼면서 힘들어했다. 하지만 내가 세상에서 가장 고통받은 사람이 아니었다. 세상에 고통이 넘쳐난다는 사실을 마주하는 것만으로도 나를 얽어매던 굴레로부터 약간이나마 벗어날 수 있었다.

나는 내가 불행하다고 해서 세상도 원래 불행한 곳이라고 단정 짓지 않으려고 애썼다. 나는 작지만 소중한 희망의 변화들이 세상에서 끊임없이 일어나고 있으며, 그것들을 눈여겨보자고 다짐했고, 부정적인 생각에서 벗어나려고 노력했다. 좌절과 허무와 분노로 숨 막혔던 내 마음에 조금씩 숨통이 트였다. 그동안 보이지 않던 것들이 보이기 시작했다.

3부 * 가족

이유를 따지자면 핏줄

인생이 힘겨워 마음이 무너져 내릴 때마다 피 여사에게 버팀목이 되어준 건 핏줄이었다. 피 여사는 핏줄에 대한 염려와 사랑으로 한 세월을 견뎠다.

피 여사는 예전부터 자매와 형제를 자주 찾았다. 특히 나이 차가 얼마 나지 않는 언니와 남동생을 아꼈다. 나이 차가 많이 나는 막내 여동생은 몇십 년 전에 큰돈이었던 30만 원을 빌려가서는 여태까지 갚지 않았다면서 내색하지 않았지만 미운털처럼 여겼다. 한번은 막냇동생네를 찾아갔는데 쌀이 없어 밥도 제대로 못 먹는 형편을 보고는 돈 얘기를 꺼내지도 못했다. 피 여사도 빈곤했다. 동생이 가여웠지만 그렇다고 돈을 못 받아 속상한 게 무마되지는 않았다. 피 여사는 막내 여동생 집엔 전화도 잘 걸지 않았으나 언니와 남동생 집엔 1년에 몇 번 가서 며칠씩 있다 왔다.

막내 여동생은 언니가 자신에게 거리감을 느끼는 걸 아는지 모르는지 자주 찾아왔다. 막내 여동생은 가장 젊은 만큼 큰언니네와 작은언니네로, 큰오빠와 작은오빠네로, 1년에도 몇 번씩 오가면서 서로의 소식을 전해줬다. 일찍 남편을 잃고 천신만고 끝에 자식들 모두 결혼시킨 막내 여동생은 자유로이 여러 인연들을 만나러 전국 방방곡곡을 누볐다. 하지만 동에 번쩍, 서에 번쩍 하던 막내 여동생마저 세월의 무게를 이기지 못하고 집에서 옴짝달싹 못 하는 신세가 되었다. 이미 형제자매들이 몸져누웠다. 아프지 않은 노인이 없었다. 피씨 형제자매들은 서로의 생일이면 모여서 같이 밥을 먹었는데 더는 그런 모임을 할 수 없게 되었다.

피 여사는 언니와 남동생에게 전화해서 몸은 어떠냐고 안부를 묻곤 했었다. 통화를 마친 뒤에 피 여사는 내게 큰집에 전화하라고 채근했다. 아버지 쪽 친척들과 왕래가 없는 걸 못마땅하게 여겼다. 나는 왜 전화를 해야 하느냐면서 그렇게 하고 싶으면 피 여사가 하라고 응수했다. 피 여사는 "네 핏줄인데 왜 내가 전화하느냐"라면서 맞불을 놓았다. 내가 되바라지게 피 여사의 사돈이니 사돈에게 전화 좀 하라고 대거리하면 "저놈의 새끼가 말도 안 되는 걸 우긴다"라고 신물을 냈다. 피 여사가 전화 좀 하라고 독촉할 때는 첫째 아들이 생각날 때라고 나는 미루어 짐작했다.

내 마음속을 들여다보면, 아버지에 대한 증오가 오랫동안 회오리쳤고 어린 시절에 가정 형편이 어려울 때 도움을 받지 못했던 만큼 친족은 그냥 남이었다. 타인과 연결되어 오붓한 관계를 갖고 싶다는 본능이 없을 순 없었다. 다만 그런 본능이 충족되지 않는 현실에 적응했다. 나는 차가운 인간이 되어서 홀로 견뎠다.

이런 나도 피 여사를 부대끼면서 인간관계에 대한 생각이 바뀌었다. 피 여사를 돌보며 해야 하는 뒤치다꺼리에 지긋지긋할 때가 많았지만 이와 동시에 묘한 안정감이 생겼다. 누군가가 곁에 있다는 것만으로 마음의 불안이 줄어들었고, 같이 살아가는 사람에 대한 책임감이 생겨났다. 막막한 무중력의 우주 속을 방황하다가 지구라는 행성에 안착한 것과 비슷했다. 예전처럼 우주 속을 마음껏 떠다닐 순 없게 되었지만 내가 속한 지구를 사랑하게 됐다.

핏줄에 대한 애착이 본능임을 나는 인정하기로 했다. 내가 아무리 날고뛰어봤자 핏줄과 무관할 수는 없었다. 나는 피 여사의 말마따나 하늘에서 떨어지거나 땅에서 솟아나지 않았다. 핏줄이 아니라면 피 여사를 내가 돌볼 이유가 없었다. 세상에 간호를 받아야 하는 노인은 많고 많은데 나는 그들을 돕지 않았다. 피 여사만 보듬고 있는데, 그 이유를 따지자면 핏줄이었기 때문이었다. 벗어나고 싶어도 징글징글하게도 나를 옥죄는 핏줄. 바로 그렇기 때문에 끈끈하게 관계를 이어주는 핏줄.

가족이라는 울타리

그동안 나는 가족으로부터 자유롭다고 생각했으나 가족이
라는 울타리가 부서져 있었다는 걸 뒤늦게 깨달았다. 가족으
로부터 온전하게 지원받지 못하는 상황을 나는 자유를 얻은
것처럼 착각했었다.

나는 혈연과 지연과 학연 이따위 것들로부터 해방되어서 모
든 사람을 공정하게 대해야 한다고 설파하곤 했었다. 나는 자
신의 부모와 친근하게 지내는 사람들이 아직 어른이 아니라고
대놓고 무시했었다. 가족과 가깝게 지내면서 의지하는 사람을
독립심이 없고 미성숙하다고 매도했었다.

그러나 이건 이상을 향한 순진한 바람이자 순전히 내가 기
댈 언덕이 없었기에 생겨난 이상 반응이었다. 사람들이 자기
의 핏줄부터 챙기는 사회 풍토는 딱히 도움을 얻지 못하는 나
에게 불리했다. 나는 타인들이 가족을 등에 업고 기회를 얻는
데 노여움이 일었고, 가족으로부터 인간들이 해방되어야 공정
한 경쟁이 될 거라고 무의식중에 생각했다. 그래서 가족을 벗
어나 개인으로서 독립하라고 외쳐댔다. 나는 나의 불리한 상

황에 분노했고, 그 분노는 가족을 소중히 여기는 세상으로 쏟아졌다.

모든 사람이 모든 사람에게 동등하게 관심을 갖고 평등하게 대해야 한다는 나의 외침은 헛된 몽상이었다. 인간이 가족으로부터 독립해야 하는 건 맞는 말이지만 독립이 가족과의 단절이 아닌데, 나는 독립과 단절을 구분하지 못했다. 인간은 서로 돕고 도움을 받으며 살아가는 존재이고 나 역시 어릴 때부터 알게 모르게 수많은 사람들의 도움으로 컸음에도 나는 마치 혼자 힘으로 큰 것처럼 오만하게 굴었다.

특히나 가족은 원초적인 인간관계다. 핏줄로 형성되는 가족을 해체해야 사회가 더 발전한다는 생각은 순진하기 짝이 없었다. 사회 안전망이 잘 갖춰지고 세상의 공정성과 개방성이 높아지도록 애쓰는 일과 가족을 소중히 여기는 감정은 양립할 수 있는데, 나는 가족에 대한 집착을 극복해야 세상이 발전한다면서 인간의 본능을 무시하는 몽니를 부렸다. 나는 어릴 때 받은 상처로 세상을 왜곡해서 바라봤고, 억지 주장을 펼쳤다. 팔이 안으로 굽는 건 비정상이 아니라 정상인데, 나는 팔이 안으로 굽어선 안 된다고 외쳤다.

피 여사를 돌보면서 과거의 상처가 약간이나마 치유되니, 가족을 향한 인간의 애착을 있는 그대로 바라볼 수 있게 되었다. 피는 물보다 진하다는 말이 왜 나왔는지 이해할 수 있었다.

인간은 가족으로부터 자유가 아니라 가족끼리의 건강한 관계
가 필요한 것이었다.

시커멓게 캄캄한 밤

피 여사는 셋째 아들을 애틋하게 여겼다. 자식들이 다 고생하며 살았으나 셋째 아들과 단둘이 함께 살기도 했으니 아무래도 다른 아들들보다 더 가까웠다. 셋째 아들은 피 여사를 정기적으로 찾아왔다.

집에 올 때 셋째 아들은 이것저것을 사 오는데, 거기에 소주가 빠진 적은 없었다. 날마다 소주를 마시는 게 힘들어졌는지 언제인가부터 막걸리를 사가지고 왔다. 셋째 아들은 그냥 심심한 데다 술 한잔하면 혈액순환에 도움이 된다면서 자신의 음주를 합리화했다. 피 여사를 보러 와서 한 병 마신 뒤 친구를 만나러 가서 본격적으로 음주를 즐겼다.

피 여사는 셋째 아들이 담배는 딱 끊어버렸는데 왜 술은 끊지 못하느냐고 한탄하면서도 셋째 아들의 음주를 막지는 못했다. 피 여사는 셋째 아들이 금주하기를 기도했고, 박 여사도 동생에게 교회에 나가라고 간곡히 권했으나, 둘의 노력은 도통 효과가 없었다. 술[酒]이라는 주님을 좀처럼 이기지 못했다. 피 여사의 셋째 아들에게 술은 유일한 낙이었다. 아내도 없고 자식도 없는 셋째 아들은 외로움에 집어삼켜지지 않고자 술병을 땄다. 하지만 술 마신 다음 날이면 느지막이 일어나 누구와도 나눌 수 없는 우울한 숙취에 시달렸다. 셋째 아들이 군대 갈 때까지만 해도 사귀던 여자가 있었으며, 그 여자가 면회도 왔는데 36개월을 기다리지 못했다고 피 여사는 애처로운 목소리로 귀띔했다. 그 뒤로 셋째 아들은 여러 여자를 더 만났으나 결혼하지 않았다.

그날도 셋째 아들은 혼자 집에서 술 마시다가 밤에 쓰레기를 버리러 나갔다. 그리고 어둑어둑한 분리 수거장 앞에서 운전이 미숙한 동네 주민의 차에 치였다. 밤늦게 전화가 왔다. 박 여사는 급하게 뛰쳐나갔다. 피 여사는 침대에 누워서는 울부짖으며 기도하기 시작했다. 셋째 아들이 제발 무사하게 해달라고, 셋째 아들 대신에 자신을 데려가달라고 절규했다. 피 여사의 울부짖음은 밤 내내 그치지 않았다.

동네에서 벌어진 사고라 차의 속도가 빠르지 않았으나 오른쪽 다리를 다쳤다. 생명에 지장이 없다고 연락이 왔다. 피 여사는 한결 안도한 것처럼 보였는데, 아니었다. 잠깐 진정한 것 같던 피 여사가 갑자기 꺼이꺼이 목청껏 울어댔다. 아들이 사고를 당했어도 가보지 못하는 자신의 처지와 자식들에게 들이닥치는 불운, 그동안 쌓인 여러 울분이 뒤엉켜서 봇물처럼 터져 나왔다.

나는 어떻게 해야 할지 알 수 없었다. 눈물 흘리며 누워서 기도하는 피 여사를 몇 번 토닥이고는 방에 들어왔다. 같이 울기엔 눈물이 나지 않았고, 피 여사를 꼭 끌어안으면서 진정시키는 일도 어색했다.

피 여사가 울다 지쳐 새벽녘에 잠들 때까지 지독한 어둠이 드리웠다. 나는 그 어둠을 어떻게 들어서 내다 버릴지 알지 못했다. 그날 밤은 아주 시커멓게 캄캄했다.

얼어붙은 심장을 녹이려면

나는 어려서부터 고통을 참고 견디는 데 익숙했기 때문인지 감정의 동요가 별로 없는 편이었다. 좋은 것도 별로 없었고 나쁜 것도 딱히 없었다. 나의 심장은 얼어붙어 있었다. 얼어붙은 심장을 녹이려면 뜨거운 눈물을 흘려야 한다는 걸 알았으나, 억지로 짜낸다고 어릴 때 말라붙은 눈물샘에서 눈물이 솟지는 않았다. 가슴이 얼어붙으면 세상일에 냉철하게 반응할 수 있었다. 그러나 결정적인 순간에 뜨겁게 행동할 수 없었다.

나는 피 여사의 셋째 아들이 어느 정도 나아졌을 때쯤 병문안을 갔다. 삼촌은 나를 반가워했다. 피 여사의 셋째 아들은 내가 쌀쌀맞게 대해도 나를 자식처럼 여겼다. 자신이 죽으면 살던 집을 나에게 주겠다고 했다. 주겠다는데 거절할 까닭은 없었으나 좀 부담스러웠다.

술을 못 마셔서 적적하겠다고 물었다. 삼촌은 다 먹게 된다고 능글맞게 웃었다. 몸이 아프니 술이라도 마셔서 통증을 없애야 한다고 음주를 정당화하는 변론을 펼쳤다. 병실에 술을 갖고 들어오거나 몰래 나가서 마시고 들어오는 것 같았다. 입원도 음주를 막을 수 없었다. 병원에 아픈 환자도 많지만 나이롱환자도 많다고 병원 내부 사정을 들려줬다.

삼촌이 병원에서도 술 마신다고 박 여사에게 전했다. 박 여사는 노발대발했으나 피 여사의 셋째 아들은 누이에게 능청스레 무슨 소리냐고 안 먹는다고 발뺌했다. 박 여사는 남동생이 퇴원할 때까지 자주 병원을 찾아갔다. 박 여사는 어릴 때부터 남자 형제들 뒤치다꺼리를 하더니 노인이 되어서도 여전히 남자 형제들을 뒷바라지하는 신세였다.

사고를 낸 동네 주민은 한 번 찾아온 뒤 일 처리를 보험사에게 맡기고는 찾아오지 않았다. 보험사원은 자주 찾아왔으나 셋째 아들은 합의를 안 해줬다. 무직이라서 보상금이 터무니없이 적었다. 더구나 후유증이 얼마나 있을지 몰랐기에 성급하게 합의할 수 없었다. 재활 훈련으로 도수 치료를 받았는데, 보험사가 제공해줄 수 있는 횟수가 정해져 있었다. 그 뒤부터는 자기 돈을 써야 해서 셋째 아들은 도수 치료를 더 받지 못했다.

합의를 안 해주자 보험사는 담당자를 교체했다. 새로 온 보험사원은 셋째 아들을 형님이라고 부르면서 굽실거렸고, 술자리를 몇 번 가지면서 자신의 힘든 처지를 세세하게 토로했다. 셋째 아들은 보험금을 더 높이거나 어떤 대책을 얻지 못한 채 합의를 해줬다. 셋째 아들은 지팡이를 짚게 되었다.

나이가 들수록 비보는 늘어난다

노인에게 전해지는 소식은 대개 비보다. 아무래도 자기 주변 사람들도 다 노인이 되어가고, 그 누구든 인생이 순탄하지가 않으니, 나이가 들수록 점점 슬픈 소식이 들려오게 된다. 피여사에게 또 다른 비보가 전해졌다. 언니의 죽음이었다.

피 여사가 한평생 끈끈하게 애착하던 언니에게는 이미 죽음의 징조가 많았다. 피 여사의 언니는 나이가 많은 만큼 청력이 약해졌고, 보청기를 해도 말을 못 알아들었다. 큰 소리로 말하는데도 언니가 엉뚱한 반응을 할 때면 피 여사는 안타까워하면서 혀를 차곤 했는데, 그렇게 못 알아듣는 일이 없어졌다. 피여사의 언니는 더 이상 말도 할 수 없었고, 들을 수도 없게 되었다.

한평생 서로 의지하던 언니가 별세했는데 피 여사는 담담했다. 언니가 이미 백 세에 가까워진 나이여서 어느 정도 마음의 준비가 되어 있었다. 그래도 자주 걸려오던 전화가 더 이상 오지 않아 피 여사는 적적해했다.

박 여사는 피 여사의 언니가 죽었을 때 가지 않았다. 의아한 일이었다. 박 여사는 교회에서 성가대 활동도 하고 지역장으로서 교인 관리도 할 뿐만 아니라 장례국에 속해 있었다. 박 여사는 장례 봉사를 위해 새벽 일찍 먼 곳에 가거나 한밤에 갑자기 연락을 받고 검은 옷을 입은 뒤 부랴부랴 나가곤 했다. 박 여사는 언제 소천할지 모르는 피 여사의 미래를 대비하고 있었다. 세상살이에서 주는 만큼 돌려받지는 못하더라도 주지 않았는데 받을 수는 없는 법이었다.

교회 장례국을 이끌면서 알지 못하는 사람들의 장례를 도우러 다녔던 박 여사가 막상 자기 이모의 장례식에는 가지 않았다. 내 눈의 들보는 보지 못해도 남에게 붙은 티끌은 귀신같이 찾아내는 나였기에 박 여사의 행동에 모순이 있다고 지적했다. 박 여사는 당혹해했다. 이모 장례식은 안 가면서 잘 모르는 사람들의 장례식을 찾아다니는 건 자신이 봐도 좀 앞뒤가 맞지 않기 때문이었다. 박 여사는 본심을 털어놓았다. 자신이 힘들 때 찾아갔는데 이모가 따뜻하게 위로해주기는커녕 박대했다고 했다. 남편이 죽었을 때도 이모가 오지 않았다고 했다.

힘들 때 손을 내밀어준 사람은 평생 기억된다. 마찬가지로 용기 내어 손을 내밀었을 때 잡아주지 않았던 사람의 매정함은 결코 잊히지 않는다. 그러고 보면, 박 여사가 피 여사의 언니를 찾아가기는커녕 먼저 연락하는 걸 본 적이 없었다. 집으로 걸려온 전화를 가끔 박 여사가 받았을 때 발신자가 피 여사의 언니이면 멋쩍게 예의를 차리면서 인사를 건넨 뒤 피 여사에게 신속하게 넘겼다. 세상을 둘러보면, 이웃보다 있으나 마나 한 친족 관계가 많았다.

인간은 받은 걸 결코 잊지 않는다

피 여사 주변에 죽음이 잇따라 찾아왔다. 언니에 이어서 남동생도 숨을 거뒀다. 사람은 죽기 직전에 우연 같은 운명적인 일을 겪게 되는데, 피 여사의 남동생도 그러했다. 피 여사는 요 며칠 동안 남동생에게서 연락이 오지 않았고, 전화해도 받지를 않는다면서 불안해했다. 걱정이 된다면서 남동생에게 안부 전화를 걸었다. 딱 그날이었다.

남동생은 다급하게 자신이 죽게 생겼다면서 동생들에게 연락 좀 해달라고 누이에게 부탁했다. 피 여사는 다급하게 동생들에게 전화를 돌렸다. 피 여사는 침대에 누워 이곳저곳에 전화를 하면서도 자기 몸이 성치 않아 가볼 수가 없다고 발을 동동 굴렀다.

평소에도 피 여사는 자신이 몸만 성하면 남동생에게 가서 반찬을 좀 해주고 싶어 했다. 그만큼 남동생을 애틋하게 아꼈다. 오랜 세월 의지해왔고, 자신의 첫째 아들과 둘째 아들을 챙겨주던 동생이었다.

피 여사와 언니 사이에서 태어났다가 갓난아기 때 죽은 남자아이가 있었다. 피 여사는 그의 죽음을 안타까워하면서 자신에게도 오빠가 있었으면 좋았을 거라고 했다. 피 여사는 오빠가 없었지만 의젓한 남동생이 있었다. 오빠같이 집안의 중심을 잡아주던 남동생이었다.

한평생 자신에게 주어진 역할을 책임감 있게 지고 견뎌낸 남동생은 동생들이 자신의 집으로 올 때까지 버텼다. 그리고 자신을 찾아온 동생들의 얼굴을 보고서는 새벽에 세상을 떴다. 다음 날 동생들에게서 피 여사에게로 비보가 날아들었다. 피 여사는 장례식에 갈 엄두를 내지 못했다. 차의 뒷좌석에 앉아 장시간 버틸 수 있지 않았다.

박 여사는 피 여사 남동생의 장례식에 갔다. 박 여사가 힘들어 삼촌을 찾아갔을 때 도와주었다고 했다. 남편 장례식에도 외삼촌이 왔다고 했다. 박 여사는 그때의 고마움을 잊지 않고 삼촌의 장례식에 갔다. 인간은 자신이 받은 걸 결코 잊지 않는 법이었다. 그게 은혜이든 상처이든.

단출한 장례식

죽음은 나이순으로 찾아오지 않았다. 피 여사의 막내아들이
죽었다. 위암이었다. 막내는 어릴 때 사귀었던 여자와 다시 만
나 살다가 죽음을 맞았다. 장례는 1박 2일로 조촐하게 치렀다.
조문객이 거의 없는 단출한 장례식이었다.

박 여사는 장례식장에서 막냇동생의 동거인을 만났고, 마지
막까지 동생 곁에 있어준 동거인에게 고마워했다. 박복했던
동생이 덜 외로웠을 거라며 박 여사는 눈시울을 붉혔다. 박 여
사는 동생을 가엾게 여겼다. 불쌍하기로는 박 여사도 그에 못
지않았으나 나는 별말을 하지 않았다.

피 여사는 어딘가로 움직일 체력도 안 되었지만, 막내아들
의 장례식에 가고 싶어 하지 않았다. 막내가 누이와 형들에게
여러모로 폐를 끼쳤다면서 피 여사는 두고두고 역정을 냈다.
자신의 금반지도 몰래 가져다가 팔아먹은 놈이라면서 쓴소리
를 했다.

한밤중에 박 여사가 피 여사의 셋째 아들을 데리고 집에 왔
다. 피 여사의 셋째 아들은 동생의 죽음에 마음이 무너져서는

술에 잔뜩 취해 주사를 부렸다. 이렇게 울어주는 사람이 있어 야 장례식답겠지만 박 여사는 동생의 주정이 부담스러웠다. 한 동생은 평생 자신에게 경제적으로 의존하다가 병으로 죽고, 한 동생은 술에 취해 자신에게 부축받는 상황을 박 여사는 기막혀했다. 박 여사는 팔자타령을 잠깐 하고는 새벽에 다시 장례식에 갔다. 강철의 여인이었다. 셋째 아들은 정오쯤에 일어나 자기 집으로 돌아갔다.

나는 피 여사의 막내아들이 어떻게 살다가 죽었는지 자세하게 알지 못했다. 막내아들은 피 여사를 찾아오지도 않았다. 죽기 직전에 박 여사네 집에 와서 신세를 졌는데, 작은방을 차지해서는 병원을 오가다가 다시 나갔다. 그때 동거인의 집으로 들어간 것 같았다. 박 여사는 계속 막내를 챙겼을 것이다. 나에게 얘기하지는 않았으나 아마도 돈을 계속 대주면서 여러 가지로 지원했으리라. 여태까지 그래왔던 것처럼.

박 여사는 동생의 보험료도 오랫동안 내고 있었다. 피 여사의 막내아들은 죽음이 머지않았다는 예감에다 지인의 실적을 올려줄 겸 생명보험에 가입했고, 누나에게 보험료를 부탁했다. 처음엔 보험 수령인이 박 여사였는데, 동생이 죽고 나서 보니 동거인으로 바뀌어 있었다. 보험 수령인은 보험료를 내는 사람의 동의 없이 바뀔 수 없으므로 박 여사는 어이없어했다.

박 여사가 보험설계사에게 연락했다. 보험설계사는 막내가 죽기 한 달 전에 찾아와 동거인으로 수령인을 바꿔달라고 간곡히 요청해 어쩔 수 없이 변경해줬다고 했다. 그동안 도박 빚을 누나가 갚아줬고, 여러 가지로 돈을 빌렸던 동생이 막바지에 돈을 약간 갚는 듯했으나 그 돈 역시 낯선 여인에게로 갔다. 박 여사는 보험금을 기대도 하지 않았다고 말했지만 정말 아쉽지 않은 건 아닌 눈치였다.

미움으로 삶을 소진하지 않기를

피 여사의 막내아들에게는 두 아들이 있었는데, 두 아들은 아버지와 연을 끊고 지냈다. 그들은 살던 집의 전세금을 갖고 몰래 다른 데로 이사했다. 막내아들은 자식과 아내에게 철저하게 버림받았다. 박 여사가 조카들에게 연락해서 죽음을 알렸으나 막내아들의 큰아들은 "나는 아버지처럼 안 살아요"라고 말하고는 장례식에 오지 않았다.

그런데 그들이 가지고 간 전세금도 박 여사가 어렵사리 모아 대준 돈이었다고 피 여사는 분통을 터뜨렸다. 피 여사는 막내아들이 푸대접받아 마땅하다고 생각하면서도 아버지 장례식에 찾아오지 않는 손자들을 욕했다. 피 여사에겐 자기 아들도 시원찮았으나 며느리가 자기 친정 식구만 챙기려 했다면서 과거사를 시시콜콜히 또 읊어댔다. 그 어미에 그 자식들이라고 피 여사는 막내아들의 죽음에서 생겨나는 슬픔을 욕지기로 풀어냈다.

"지들이 하늘에서 떨어졌어. 땅에서 솟았어. 아무리 못난 애비라도 장례식에는 와야 되는 거 아니야?"

"장례식에 오고 싶지 않을 만큼 싫은가 보죠."

"아무리 그래도 그렇지. 사람으로서 최소한 도리가 있잖아? 안 그래? 지 애미가 악덕하니까 자식들도 그 모양이지."

"피 여사, 피 여사의 며느리고 손자들인데 그렇게 욕하면 자기 얼굴에 침 뱉는 꼴이에요."

"내가 오래 살아서 못 볼 꼴을 본다. 엉엉."

피 여사는 그동안 억눌렀던 울음을 터뜨렸다. 자식은 자식이었다. 자업자득일 수도 있었으나 자식의 불행에 안타까움이 없을 수 없었다.

어린 시절에 피 여사 막내아들의 두 아들이 박 여사에게 맡겨졌고, 나와 같이 산 적이 있었다. 아무래도 두 사촌과 함께 사는 일이 반갑지만은 않았다. 가뜩이나 작은 집에서 다닥다닥 붙어서 지내는 건 불편한 일이었다. 물론 그 둘은 훨씬 불편하게 하루하루를 견뎠을 터였다.

자기 자식을 돌볼 수도 없을 만큼 피 여사의 막내아들은 무능했다. 박 여사가 큰돈을 빌려주거나 보증을 선 뒤 힘들어했던 일도 나는 기억하고 있었다. 그때는 막내아들이 날려버린 돈을 박 여사가 대신 갚아야 하는 상황이 부조리해서 화가 치밀었지만, 이제 와서 보니 피 여사 막내아들의 기구한 인생에 연민을 느끼지 않을 수 없었다.

가까운 사람들을 힘들게 했지만 본인 스스로가 가장 힘들어

했을 거라는 생각이 들었다. 도박에 쉽게 이끌리는 천성인데 타짜는 되지 못했고, 나름 열심히 살아보려 해도 뜻대로 풀리지 않은 세상살이에서 그는 번민의 밤을 수없이 보냈을 터였다. 자식마저 자신이 키우지 못했다. 물론 불쌍하다고 해서 그의 생애나 행동이 용납될 수는 없었다. 다만 누군가를 계속 미워하지 않고 나 스스로 자유로워지고자 이해하려고 노력했다.

죽음으로 죄과가 탕감되는 건 아니겠으나 죽은 사람을 계속 증오하는 건 부질없는 일이었다. 나는 그가 그저 편히 쉬기를 기도했다. 그의 아내와 아들들도 미움으로 자기들 삶을 소진하지 않길 바랐다.

엄마가 처음이라

이승에서 원한 관계를 정리하고 싶었는지 피 여사는 넋두리하듯 첫째 아들에 대해 이야기하는 일이 잦아졌다. 첫째 아들이라 애정과 기대가 컸던 만큼 첫째 아들은 실망과 상처를 안겼다. 엄마가 처음이었던 피 여사는 모든 것이 서툴렀다. 자식을 잘 키우려면 어떻게 해야 하는지 교육받지 못했고, 자식을 향한 내리사랑엔 폭력이 뒤섞여 있었다.

첫째 아들은 손버릇이 좋지 않았다. 새아버지에게 호되게 매를 맞을 때는 다시는 안 그러겠다고 싹싹 빌다가도 다음 날이면 또 돈에 손을 댔다. 한번은 학교에서 첫째 아들이 친구의 돈을 훔쳤다면서 아이들이 한꺼번에 찾아온 적도 있었다. 학교에서도 알아주는 문제아였다.

첫째 아들은 친척 동생에게 말하면 죽이겠다고 협박하면서 비행을 계속 저질렀다. 친척과 이웃들이 피 여사를 찾아와 아들을 주의시키라고 요청하기도 했다. 피 여사는 첫째 아들을 혼쭐도 내고 타일러도 보고 얼러도 봤지만 별 소용이 없었다.

피 여사는 속상한 마음에 첫째 아들을 붙잡고서는 식칼을 빼

들고 이렇게 살 바엔 "너 죽고 나 죽자" 하면서 다그쳤다. 그 뒤로 첫째 아들은 엄마가 자신을 죽이려 했다고 말하고 다녔다. 첫째가 선생이 되면 다음 자식들부터는 탄탄대로이니 첫째 아들이 선생이 되도록 뒷바라지할 거라고 새 남편이 단단히 일러뒀는데도 맏이가 공부하지 않았다고 피 여사는 한탄했다.

피 여사는 남편을 잃고 전쟁 중에 재가하는 혼란 속에서 첫째 아들과 사이가 틀어졌다. 첫째 아들은 해방 뒤 혼란스러운 정국에 태어나 아버지가 학살당했고, 어릴 적에 한국전쟁을 겪었으며, 의붓아버지에게서 두들겨 맞았다. 전쟁이 끝나고 난 뒤 밑바닥이 드러난 인간 군상 속에서 성장했다. 늘 배고팠고, 폭력은 일상이었다. 이런 모진 세월 속에서 맑고 밝은 인품을 지녔다면 좋았겠지만, 그는 평범한 사람이었다. 열악한 환경 속에서 첫째 아들은 일찍부터 도둑질을 시작했고, 수많은 말썽을 일으켰다.

피 여사와 첫째 아들이 왕래하지 않은 지 반세기가 지났다. 첫째 아들을 마지막으로 본 게 청량리에서였다고 피 여사는 회고했다. 베트남으로 파병 가는 맏아들을 홀로 배웅했다. 군인들로 청량리역이 매우 붐볐다.

한번은 큰아들 집에 피 여사가 갔는데, 큰아들이 집에 없었다. 며느리가 도토리로 가루를 만들어놓고 나중에 묵을 쑬 거라면서 선반 위에 올려놓고는 자랑만 했다. 서운한 마음에 피 여사는 다시 돌아왔고, 그 뒤로 큰아들네로 가지 않았다.

나는 큰아들 집에 간 게 베트남전쟁 전인지 후인지 물었으나 피 여사는 똑똑히 기억하지 못했다. 베트남전쟁 전에 결혼을 했는지 귀국해서 결혼했는지도 알지 못했다. 큰아들이 직업군인이었는지 베트남전쟁 기간 중에 입대했는지도 몰랐다. 그만큼 예전부터 피 여사와 큰아들 사이가 데면데면했음을 미루어 짐작할 수 있었다.

큰아들은 베트남전쟁에서 정신적외상을 입었는지, 귀국해서는 핏줄들마저 등진 채 살았다. 자식들과도 사이가 좋지 않았고, 이혼해서 혼자 살았다. 피 여사 첫째 아들의 아들은 해외에 나가 살았다. 첫째 아들의 딸은 자신의 남편과 두 명의 자식을 데리고 피 여사와 고모인 박 여사를 보러 몇 번 찾아왔다.

피 여사가 삐뚤빼뚤한 글씨로 쓴 전화번호 수첩엔 첫째 아들의 이름과 연락처가 있었으나 피 여사는 연락하지 않았다. 내가 연락해보라고 권유하면, 자식이 부모에게 먼저 연락해야지 어미가 먼저 연락하면 쓰겠느냐고 한층 고조된 목소리로 부아를 냈다.

말없이 눕다

창문으로 햇살이 쏟아지던 날이었다. 피 여사가 눈을 비비며 일어날 때 까치 소리가 창밖에서 들렸다. 반가운 손님이 온다는 징조라고 나는 피 여사에게 설레발을 쳤다. 피 여사는 별 반응 없이 텔레비전을 봤다.

아침과 낮 중간쯤 될 때였다. 집으로 전화가 걸려왔다. 기다리던 첫째 아들의 전화는 아니었다. 첫째 아들에 관한 전화였다. 첫째 아들이 저세상으로 떠났다는 소식이었다.

피 여사는 한동안 말이 없었다. 오열하거나 슬퍼하지도 않았다. 마치 기다린 소식을 들은 것처럼 담담히 눈을 감고는 말없이 누웠다. 텔레비전만이 어색해진 집안 분위기를 바꾸려고 애를 쓰듯 와자지껄하게 떠들고 있었다.

내가 틀어준 영화를 보고 있던 박 여사는 영화를 끄고 급히 장례식장에 갔다. 박 여사는 이 집안의 대소사를 자신이 다 해야 한다면서 푸념하듯 웃었다. 장례식에 갔다 온 박 여사는 큰오빠의 딸과 사위가 장례식을 진중하게 주관하는 가운데 조문객이 거의 없었고, 월남 파병 전우회 소속의 노인 몇몇이 빈소를 찾아왔다고 전했다.

둘째 날 박 여사는 남동생과 같이 장례식에 또 가려고 했다. 피 여사의 셋째 아들은 같이 가려고 일단 박 여사네 집으로 왔으나 장례식에 가지는 않았다. 장례식장에 가면 괜히 이상한 기분에 빠질까 봐 안 가겠다면서, 셋째 아들은 술을 마시러 갔다. 박 여사는 셋째 날 발인 때도 가서 큰오빠의 재가 뿌려지는 것까지 참관했다.

어머니, 나 좀 데려가요

계속 찾아오는 죽음을 피 여사는 의연하게 견뎌내는 듯 보였다. 하지만 아니었다. 피 여사의 마음은 미세하게 계속 금이 가기 시작했다. 아무리 강한 사람이라도 쌓여가는 충격과 고통에 무너지기 마련이었다.

하루는 피 여사가 원통함을 다 쏟아내기라도 하는 것처럼 울부짖었다. 울음을 가둬두던 둑이 터진 것 같았다. 새벽녘이었다. 박 여사가 달래며 다독여도 피 여사는 마치 주권을 빼앗긴 나라의 국기처럼 슬픔에 나부끼면서 좀처럼 진정되지 않았다.

피 여사는 자기 신세를 비관하며 죽은 사람들의 이름을 불러댔다. 너무 괴로운 나머지 박 여사가 옆에 있는 데도 개신교의 신을 찾지 않고 어머니를 찾았다.

"어머니, 나도 좀 데려가세요. 어머니."

"이렇게 살아서 뭐 해. 어어엉엉. 이렇게 더 살아서 뭐 해. 얼른 죽어야 하는데 마음대로 죽지도 못하고. 어엉엉. 어어어엉. 왜 날 안 데리고 가세요. 데려가주세요. 어머니. 엉엉"

"어머니, 어머니, 어어어엉, 어머니, 나 좀 데려가요. 제발요.

어어엉엉"

피 여사의 울부짖음을 듣다 보면, 내가 잘 보살피지 못해서 피 여사가 그만 살고 싶어 하는 것 같아 괜히 찔렸다. 박 여사와 내가 피 여사를 지극정성으로 돌본다면 피 여사가 한층 더 편안할 테지만, 온 마음을 다해 보듬는다고 해서 피 여사가 겪는 고통 모두를 없앨 수는 없었다.

삶과 죽음에 대해 번뇌하는 새벽이었다. 삶을 살아내는 것이 지당한 원칙이고 준엄한 인간 존중이겠으나, 피 여사처럼 너무나 고통스러워하는 사람에게 생을 견디라고 요구하는 건 오히려 인간의 존엄을 해치는 일 같았다. 그 누가 이런 끔찍한 요구를 할 수 있을까? 피 여사에게 꿋꿋하게 살아서 몸의 통증부터 마음의 고통까지 계속 감수하라고.

시련에 힘들어하는 사람에게는 조금만 더 버티면 좋은 날이 오리라고 격려할 수 있겠지만, 피 여사는 더 참는다고 해서 몸이 회복될 가능성이나 좋은 일들이 일어날 확률은 희박했다. 그저 고통받는 시간이 연장될 뿐이었다. 나는 피 여사의 기나긴 절규를 들으면서 아침을 맞았다. 피로 때문인지 정신이 흐리멍덩했고, 명료하게 판단하기 어려웠다. 피 여사가 이대로 돌봄을 받으면서 목숨을 이어나가는 일이 옳은지, 아니면 세상을 떠나 고통을 덜 받는 게 나은지.

죽고 싶다는 절규는 피 여사가 너무나 힘드니까 쏟아져 나온 말이라고 치부하고 싶었다. 하지만 이승에서의 처절한 고통에서 이제는 그만 해방되고 싶다는 절절한 염원일 수도 있었다. 그렇다면 꼼꼼하고 성실한 간호는 되레 고통의 기간을 지속시키면서 피 여사를 고문하는 일이었다.

나는 피 여사가 안식을 취하도록 필요한 의학 조치를 취할 의향이 있었다. 누군가가 보기에 피 여사의 삶은 변변찮을지 몰라도 피 여사 나름대로 노력하면서 용감하게 한생을 견뎠고, 충분히 애쓴 만큼 푹 쉴 자격이 있다고 생각했다. 존엄사를 시행하는 과정에서 여러 난관에 부딪히겠지만 감내할 생각도 있었다. 피 여사가 정말 원하고, 그게 내가 해줄 수 있는 마지막 호의라면.

그런데 세상 떠나갈 듯 절규하던 다음 날 피 여사는 다시 죽을 잘 챙겨 먹었다. 호박엿도 입에 물고는 알뜰하게 먹었다. 잔뜩 눈물을 흘려서 그런지 평소보다 식욕이 좋아 먹는 양도 늘었다. 나는 피로한 눈을 비비면서 피 여사에게 먹을 걸 차려줬다. 개똥밭에서 굴러도 이승이 낫다는 속담의 통찰력을 새삼스레 확인했다. 대개의 경우, 사람이 죽고 싶다는 건 정말 살고 싶지 않다는 뜻이라기보다는 이렇게 살고 싶지 않다는 뜻이었다.

들리지 않는 신음과 절규

마음이 무너져 내리는 일이 자주 찾아왔던 만큼 피 여사의 건강도 한층 더 악화되었다. 피 여사는 여러 기저 질환에다 노화에 따른 고통으로 괴로운 나날을 보냈다. 특히 낮보다 밤이면 피 여사의 몸 여기저기서 문제가 생겨났다.

피 여사는 밤이면 쥐가 나서 괴로워했다. 피 여사의 비명이 들리면 방에서 뛰쳐나갔다. 피 여사는 하염없이 뛰고 탈진한 축구선수처럼 침상에 누워 있었고, 나는 피 여사의 다리를 잡고 발끝을 구부리면서 응급조치를 취했다. 아직 경기의 끝을 알리는 호각이 울리지 않았고 교체 선수도 없으니 마지막까지 최선을 다하라는 것처럼.

나의 조치로도 피 여사의 종아리와 허벅지가 얇아져가는 걸 막을 수 없었다. 피 여사는 점점 움직이지 않으려 했다. 다리에 힘이 없어서 보행기를 짚고도 일어서는 데 쩔쩔맸다. 앉았다가 일어나기가 버거워서 한번 누우면 계속 그 자세로 있으려 했다.

활동량이 줄어드니 소화도 잘 되지 않았다. 속이 더부룩하다면서 한 숟갈 먹고는 수저를 내려놓았고, 밥 먹기 전부터 트림을 꺼억꺼억 했다. 소화를 돕는다고 알려진, 약국에서 파는 씁쓰름한 적갈색 액체를 약수 마시듯 마셨다.

피 여사는 힘이 빠졌다며 한숨을 내쉬었다. 예전부터 피 여사는 시장에 오가거나 교회에 갔다 올 때 도중에 쉬어야만 했었다. 그래도 잠깐 멈춰서고 시간이 지나면 힘이 나서 걸을 수 있었는데 이제는 보행기를 끌기도 힘들다고 넋두리를 했다.

피 여사의 말을 듣고 나니 거리의 풍경이 달라 보였다. 어디든 앉아 있는 노인들이 그렇게 많았다. 여태까지는 그들이 눈에 잘 들어오지도 않았고, 가끔 눈에 띄더라도 왜 저토록 오래 앉아 있는지 가늠되지 않았다. 아직 젊은 데다 가장 짧은 경로를 가장 빠르게 이동하던 나였다. 멈춰서 쉰다는 걸 이해하지 못하던 내가 피 여사를 통해 비로소 노인들을 헤아릴 수 있었다. 그들은 어딘가를 가려고 하는데 기력이 부족해서 앉아서 쉬는 중이었다. 밖을 나와서 햇볕을 쐬고 있는 노인들도 눈에 들어왔다. 그들은 아무도 자신에게 관심을 보내지 않자 자신이 아직 죽지 않았다며 밖으로 나와 존재감을 드러내는 것처럼 보였다. 노인들은 앉아서도 어딘가로 가고 있었는데, 그들이 어딘가로 어떻게 가는지는 그들이 정한다기보다는 그들을 둘러싼 우리가 정하는 것 같았다. 이제야 나는 그들이 기운을 잘 추슬러서 목표한 장소에 무사히 도달하기를 바라게 되었다.

지하철에서 자리를 양보하다가 노인들과 대화할 때도 생겼다. 노인들은 고맙다면서 뭐 이런저런 걸 물어왔고, 나는 노인에게 건강하시라고 덕담을 건네곤 했다. 그러면 노인들은 고마워하면서 자신의 지병을 토로했다. 안 아픈 노인이 없었다. 눈이 침침했고, 소리가 들리지 않았으며, 잇몸에서 피가 났고, 이가 시렸으며, 밥 먹을 때는 입이 말라 음식이 영 까끌까끌했지만 잘 때는 침을 흘렸다. 골다공증이 있었고, 근력이 약해졌고, 소화가 안 됐고, 혈액순환이 잘 되지 않았고, 변비에 걸렸고, 요실금에 시달렸고, 오십견이 생겼고, 허리를 삐끗했고, 무릎에 염증이 찼고, 삭신이 쑤셨고, 팔이 저렸고, 목이 욱신거렸고, 호흡이 가빠왔고, 검버섯이 생겼고, 심장이 안 좋아졌다. 나이가 들면 몸이 허물어져갔다.

피 여사는 당뇨 증세가 있었고, 혈압이 높았다. 다른 노인들역시 대동소이했다. 피 여사는 어깨가 아파서 파스를 잔뜩 붙여야 했고, 허리가 굽어서 척추 보호대를 했으며, 무릎에다 여러 생활 약품을 발랐다. 고통은 악순환했다. 한 부위가 나으면 다른 부위가 아팠다. 한군데가 갑자기 아파지면 이전에 아팠던 곳을 잊게 하는 의외의 순기능이 발생하기도 했다. 몸이 덜 아프면 가려웠다. 피 여사는 잠들지도 못한 채 긁다가 자다가도 깨어서 긁었다. 피부가 노화된 데다 잘 씻지 못해서 그런 것 같았다. 피 여사는 가끔가다 뜨거운 물을 대야에 받아놓고 혼자 변기에 앉아서 세면기를 붙잡고서는 어렵사리 목욕했다. 그마저도 어려워서 딸이 목욕을 시켜줬다. 목욕은 박 여사와 피 여사의 진력을 빼는 한바탕 소모전이었다. 그렇게 목욕을 해도 가려움은 좀처럼 줄어들지 않았다. 가려울 때 먹는 약도 별 효과가 없었다. 늙어가는 몸처럼 괴롭고 서러운 것이 없었다. 피 여사는 가렵고 아픈 부위에다 물파스를 바르면서 응급조치를 하곤 했다.

나이가 들면 마음에도 문제가 생기기 마련이다. 마음은 이팔청춘인데 외모는 점점 늙어가 속상하고, 의욕만큼 몸이 따라주지 않는다. 예전에 할 수 있었던 일들을 하나하나 하지 못하게 되니 망연자실해진다. 세월이 흐르면서 가까웠던 사람들이 하나둘 세상을 떠나간다. 상실감과 우울감에 시달리면서 노인의 마음은 무너져 내린다.

노인의 자살률과 이에 대한 세상의 무지는 노인의 처지를 생생하게 증명한다. 2016년 기준으로 한국 65세 이상 노인 자살률은 10만 명 기준 53.3명이다. 경제협력기구 OECD의 평균치 18.4명보다 무려 세 배 가까이 높지만 이러한 현실을 아는 사람은 드물다. 셀 수 없을 만큼 노인들이 고독과 고통 속에서 목숨을 끊고 있는데, 그들의 신음과 절규는 우리에게 들리지 않는다.

미장원에 가자

피 여사는 예쁘다는 자신감을 갖고 머리를 빗고 구석구석 세수하면서 거울을 자주 들여다봤다. 화장품을 손수 사지는 않았지만, 있는 걸 가져다주면 살뜰하게 꼼꼼히 발랐다. 사람들은 피 여사의 피부가 곱다고 칭찬했다. 피 여사는 소녀처럼 좋아했다. 피 여사는 자신의 어머니가 하루 내내 밭일을 해도 얼굴이 그을리지 않았다는 얘기를 자주 했다. 자신의 어머니처럼 자신도 피부 미인이라는 간접 자랑이었다. 피부 이야기를 할 때마다 피 여사의 말투엔 자부심이 묻어났다.

피 여사는 전통 민간요법으로 피부를 관리했다. 저녁이면 버리지 않고 모아놓은 오이 꼭지들 가운데 하나를 꺼내어 얼굴에 문질렀다. 그냥 오이를 통째로 썰어서 얼굴에 붙이는 것보다 꼭지를 아깝게 버리지 말고 이렇게 얼굴에다 문지르면 오이즙이 더 많이 나오고 싸게 먹힌다며 자기만의 비법을 전수해줬다.

여태껏 나는 과거에 예뻤다는 피 여사의 주장에 선뜻 맞장구쳐주지는 않았다. 피 여사가 젊은 날에 찍은 사진을 보더라도 예쁘다는 생각이 든 적이 없었다. 사진 속 젊은 피영숙은 이 질감이 느껴지는 촌스러운 모습이었다. 그러나 예쁘다는 자부심이 피 여사의 정신 건강에 도움 될 거라 생각해서 나는 영혼이 가출한 목소리로 피 여사의 피부를 칭찬하고는 했다.

그러던 피 여사가 더 이상 자신을 돌보지 않았다. 위험신호였다. 자신을 함부로 방치하는 사람이 건강할 수 없었다.

"피 여사, 요즘 피부가 꺼끌꺼끌해진 것 같아요. 고왔던 예전으로 되돌아가야죠."

"내가 이 나이에 피부가 고와지면 뭐 하냐."

"피부가 고우면 좋잖아요."

"이렇게 누워만 있는데 피부가 고우면 뭐가 좋아."

"사람들이 피부에 감탄했었잖아요."

"귀찮아. 다 귀찮아."

이렇게 만사를 귀찮아하던 피 여사가 하루는 나에게 미장원에 가자고 요구했다. 뒷머리가 길어져서 잘라야 한다고 했다. 내키지 않는 일이었다. 걸어서 10분 정도 거리에 동네 미장원이 있었지만 피 여사의 보행기로는 얼마나 걸릴지 알 수 없었고, 피 여사가 거기까지 갈 수 있을지도 미심쩍었다. 피 여사는 자신이 보행기를 끌 수 있다면서 꽤나 단호하게 요구했다.

참으로 당황스러운 일이었다. 피 여사는 예전에도 동네 미장원에 가지 않았는데, 갑자기 무슨 바람이 불었나 싶었다. 피 여사는 한 달에 한 번 교회에서 미용 봉사를 하는 사람들에게 자신의 머리를 맡겨왔었다. 자신에게 돈을 쓰는 일을 좀처럼 하지 않던 피 여사가 느닷없이 미장원에 가자는 게 의아했다.

오랫동안 눈여겨봐왔으나 한 번도 가지 않았던 동네 미장원에 처음이자 마지막으로 가고 싶은 마음이었을까? 나는 혼자 상상의 나래를 펴면서 피 여사가 보행기를 끌고는 도저히 갈 수 없을 것 같아 택시를 부를까 고민했다. 전화를 하려고 했지만, 피 여사가 돈을 들여서 자기 머리카락을 정리한다는 애잔한 마음보다 함께 미용실을 가는 고단함과 미용실에 앉아서 멀뚱거릴 어색함이 더 크게 느껴졌다.

나는 박 여사가 돌아오면 같이 미용실에 가자고 일단 보류했다. 박 여사가 저녁에 돌아와서는 피 여사의 뒷머리를 가위로 잘라주었다. 그 뒤로 피 여사는 미용실에 가자는 소리를 하지 않았고, 나중에 물어보니 자기가 미장원에 가자고 한 일조차 기억하지 못했다.

돌이킬 수 없을 정도로 위태로운

피 여사는 천천히, 하지만 뚜렷하게 쇠약해졌다. 급기야 다시 병원 신세를 졌다. 피 여사는 몸 여기저기에서 탈이 났다. 자연스레 박 여사와 내가 병실을 지키는 일이 늘어났다.

요즘 병원은 간호 통합 병실이라 간병도 전담했다. 환자 가족이 옆에 늘 있어야 하는 부담을 덜어줬다. 하지만 피 여사는 너무 연로해서 보호자가 있어야 했다. 박 여사가 고생했고, 나는 박 여사가 집에서 쉬는 동안 피 여사 옆을 지켰다. 박 여사가 피 여사의 전적인 보호자라면 나는 보조 보호자였다.

박 여사는 정년퇴직한 뒤 요양 보호사를 준비해서 합격한 상태였다. 박 여사는 노인장기요양보험을 신청했다. 노인장기요양보험은 신체 활동이 어렵고 일상생활이 어려운 노인에게 가사 지원이나 요양 급여를 제공하는 복지 제도였다.

박 여사는 피 여사가 총명해서 요양 등급 대상이 되지 않을 수도 있다고 걱정했다. 박 여사는 피 여사에게 심사원들이 물어보면 "잘 모른다"라고 대답하라고 언질을 줬다. 피 여사의 언니가 심사원들의 물음에 똑 부러지게 답변해 별로 도움을 받지 못하게 되어서 언니의 자식이 분통을 터뜨렸다는 소식을 들은 적 있었다.

피 여사는 박 여사의 요구대로 처음엔 움츠러들어 있었다. 하지만 심사원들이 날짜나 숫자 등등을 묻자 꼬박꼬박 답변하고는 자신이 교회에서 나오다가 넘어져서 이렇게 되었다며 묻지도 않은 장황한 이야기를 늘어놓았다. 워낙 많은 노인들을 접했기 때문인지 심사원들은 딱히 당황하지 않고 침착하게 피 여사를 조사하고 측정했다. 인지능력엔 큰 문제가 없었지만 거동이 어려워서 도움이 필요한 건 분명했다. 피 여사는 노인 요양 3등급을 받았다.

고령화된 한국 사회답게 노인을 위한 돌봄 산업이 번창하고 있었고, 업체마다 물품을 다양하게 구비하고 판촉 활동을 벌이고 있었다. 박 여사는 단추를 눌러 일으켰다 내렸다 할 수 있는 환자용 전동 침대와 휠체어를 빌렸고, 노인이 넘어지지 않도록 방지해주는 바닥 깔개와 화장실에서 미끄러지지 않도록 타일 위에 올려놓는 덮개를 샀다. 환자가 실례할 경우를 대비해 침대를 덮는 방수 매트도 두 장 구매했다. 피 여사는 좀 더 안전해졌고 이동이 편리해졌다. 그만큼 피 여사는 돌이킬 수 없을 정도로 위태로웠다.

박 여사와 나는 말하지 않았지만 피 여사가 임종할 수 있다는 느낌을 받았다.

전염되는 우울

박 여사는 피 여사를 휠체어에 태워 물리치료를 받으러 다녔다. 다리에 힘이 생기도록 찜질을 받았다. 보행기를 짚고 끌 때 힘을 주던 오른쪽 팔에 무리가 가서 어깨 근육에 저주파치료도 받았다. 한의원에 가서 침을 맞기도 했다. 하루는 침을 맞고 왔는데 더 아파졌다면서 피 여사는 밤새 잠을 이루지 못했다.

피 여사가 한밤중에 갑자기 지르는 비명은 옆방에 누워 있던 나의 고막을 관통한 뒤 몸 전체에 저릿저릿하게 울렸다. 피 여사의 고음파는 나의 정수리부터 발끝까지 순식간에 할퀴었다. 자다가 눈이 팍 떠지지 않을 수 없었다. 피 여사가 고통을 받는 만큼 박 여사와 나도 잠을 설치면서 심란해졌다.

피 여사는 힘이 부쳐 보행기마저 끌지 못했다. 보행기를 짚었다가 움직이지 못한 채 침대에 주저앉았다. 움직이지 못하면 용변 처리가 시급한 문제가 되었다. 환자의 용변 처리는 삶의 치욕을 되새김질하는 일이었고, 주변 사람들에게도 거부감을 일으켰다. 피 여사는 자기 뜻대로 조절되지 않는 용변 때문에 분노와 슬픔의 탄식을 터뜨렸다. 피 여사는 화장실에서 진저리를 치면서 보행기에 기댄 채 속옷을 빨곤 했다.

피 여사가 부르면 곧장 출동해야 했다. 나는 침대에서 피 여사를 휠체어로 옮긴 뒤 화장실에 들어가서 변기에 피 여사를 앉히고는 잠깐 화장실 밖으로 나왔다가 피 여사가 부르면 들어가서 일으켜 세웠다. 보행기는 화장실 안에 놔두었다. 피 여사가 변기에서 일어나 보행기를 잡고 손을 씻고 나면, 나는 화장실 문턱에 걸쳐 있는 휠체어로 피 여사를 옮겼다.

피 여사는 휠체어에 앉아서 텔레비전을 봤다. 하지만 오래 가지 못했다. 피 여사는 엉덩이가 아프다고 호소했다. 피 여사의 엉덩이는 너무나 야위어서 앉아 있을 때의 체중을 견디지 못했다. 피 여사는 모든 게 귀찮다면서 자신의 처지에 울분을 터뜨리며 침대에 누워만 있으려 했다.

피 여사가 우울하니 나도 덩달아 우울해졌다. 우울은 전염되었다. 피 여사가 모든 게 귀찮다고 하면 나도 만사 귀찮아졌다. 하루는 피 여사의 휠체어를 밀어서 피 여사의 발이 텔레비전을 올려둔 받침대에 부딪치게 놔둔 적도 있었다. 그때 나는 약간 기괴한 표정으로 웃고 있었다. 인간이 고통을 받으면 폭력성이 강해진다. 자신의 고통을 자체 정화하면 좋겠지만, 고통은 폭력을 통해 확대 재생산된다.

마음에 드리운 장마전선

피 여사가 허리의 통증을 호소하며 밤새 잠들지 못했다. 이 튼날 아침에 피 여사가 꿈쩍도 하지 못해 박 여사는 구급차를 불렀다. 병원에 가서 엑스레이를 찍어보니 별다른 이상증세가 없는 데다 병실도 없다면서 응급실 의사는 수액만 놔주고는 퇴원시켰다. 자기공명영상과 전산화단층촬영은 피 여사가 자세를 취할 수가 없어서 촬영하지 못했다. 퇴원을 위해 나는 휠체어를 끌고 병원에 갔다.

아침부터 비가 내렸다. 병원 문을 나서는데 비의 세기는 한층 수그러들었다. 희뿌연 하늘에서 부슬비가 흩날리듯 내렸다. 병원이 걸어서 한 시간 거리였는데, 휠체어에 앉은 피 여사를 태울 수 있는 운송 수단이 마땅치 않았다. 병원에서 집까지 둑길이 잘 닦여 있었고, 그 길로 우산을 쓰고 돌아왔다.

그런데 피 여사는 뭐가 서러운지 내내 울어댔다. 휠체어가 움직이는 동안 조금씩 덜컹거리면서 엉덩이가 부딪쳐 아팠기 때문만은 아니었다. 자신의 신세가 비통하고, 이 모든 게 신물 났기 때문이었다.

"왜 그렇게 울어요? 그렇게 아파요?"

"몸은 내 뜻대로 안 되지, 엉엉, 비는 내리지, 엉덩이는 아프지, 엉엉, 이렇게 살아서 뭐 하냐, 엉엉."

피 여사는 삶을 비관하면서 계속 울었다. 아무리 달래보아도 울음은 멎질 않았다. 비가 잔뜩 내리고 나면 맑고 푸른 하늘이 나타나듯 실컷 울고 나면 조금이나마 기분이 나아졌는데, 이번 상태는 심각했다. 피 여사의 마음에 장마전선이 드리웠고, 오랫동안 장대비가 주룩주룩 내렸다.

피 여사는 집에 돌아와서도 계속 아프다고 괴로워했다. 몸여기저기가 다 아팠지만 특히 허리가 아파 죽겠다면서 고통스러워했다. 갑자기 왜 이렇게 아픈지 알 수 없었다. 며칠 지나지 않아 구급차를 다시 불러서 다른 병원에 갔다. 그 병원에선 정밀 진단을 해보자고 했다. 피 여사는 입원했다.

어디가 어떻게 아픈지 알기 위해 자기공명영상과 전산화단층촬영을 했는데, 피 여사는 몸을 가누지 못해서 여전히 측정 자세를 취할 수가 없었다. 이 병원에선 간호사들이 힘을 가해 피 여사의 몸을 잡고 억지로 눌렀다. 피 여사는 비명을 지르면서 촬영했고, 나중에 치를 떨었다. 그놈들이 자기를 잡으려 했다면서.

척추에 미세한 금이 발견되었다. 언제 어떻게 생겼는지는 정확히 알 수 없었다. 피 여사는 척추 수술을 받았고, 박 여사는 병원에 머물렀다. 나는 박 여사를 아침과 낮에 집으로 보내서 쉬게 하는 동안 피 여사 옆에 있었다. 피 여사가 자다가 깨어나 물 달라고 하면 물을 주었고, 입술이 마르면 립밤을 발라줬다. 간호사와 의사가 순찰 진료를 할 땐 말귀가 어두운 피 여사에게 의사의 소견을 전했다. 수술이 잘되어서 피 여사는 회복되었으나 박 여사의 눈이 푹 꺼졌다. 밤마다 피 여사가 신음 속에서 잠을 못 이루는 통에 박 여사도 힘든 나날을 보냈다.

고장 난 수도꼭지처럼 엉엉

허리 통증은 완화되어 퇴원했으나 병마는 좀처럼 퇴치되지 않았다. 피 여사는 죽조차 먹지 못했다. 뭐든 조금만 먹어도 토했다. 한밤중에 피 여사는 속이 너무 아프다면서 절규했다. 새벽 1시쯤 119를 또 불렀는데, 왜 이 시간에 불렀는지 구조요원은 조금 의아해했다. 이 정도의 통증이라면 미리 불렀어야 한다는 것이었다. 그러나 낮 동안은 괜찮다가 밤이면 몸 여기저기에서 통증이 심해진다는 걸 젊은 구조요원은 잘 이해하지 못했다. 구조요원은 툴툴거리면서 피 여사를 옮겼다.

기존에 가던 병원에 병실이 없어서 피 여사를 태운 구급차는 좀 먼 거리에 있는 또 다른 병원에 갔다. 피 여사를 진료한 소화기과 의사는 피 여사의 위산이 역류했고, 신경성 위염으로 오래 고통스러웠을 거라고 진단했다. 피 여사는 또 수술을 받았다.

수술을 받고 시간이 지나 미음을 먹을 수 있다고 담당의가 권유해 병원 급식을 받았지만 피 여사는 어떤 것도 먹으려 들지 않았다. 속절없이 박 여사와 내가 미음을 먹었다. 맛은 형편

없었다. 의사는 병원에 계속 있다고 식사하게 되는 건 아니라면서 피 여사가 우울증에 걸린 것 같다며 퇴원을 권유했다.

피 여사는 병원에서 내내 울었다. 피 여사는 마치 고장 난 수도꼭지처럼 눈물을 흘렸다. 수액이 몽땅 눈물이 되는 것 같았다. 피 여사의 울음에 병실 분위기는 비 오는데도 방치된 빨래처럼 축축하게 젖어 들어갔다. 옆에 있던 환자가 병실을 바꿔 달라고 요청해 다른 병실로 옮기는 일이 생겼을 정도였다.

병원에서 더 할 수 있는 게 없었다. 그냥 병상에 누워 있는 건 피 여사의 회복에 오히려 방해되었다. 피 여사는 집에 돌아왔다. 여러 병원을 다녔고, 두 번의 수술을 했다. 퇴원해서도 진통제를 달고 살았다. 시간이 지나자 통증은 좀 누그러졌고, 죽도 다시 먹게 되었다. 그러나 피 여사는 스스로 거동하지 못한 채 침대에 그대로 누워 있게 되었다. 박 여사는 성인용 기저귀를 주문했다. 빠르게 배달되었다.

오랜 병에 효자 없다

피 여사는 처음에 기저귀를 차지 않으려 했으나 얼마 지나지 않아 현실을 수용했다. 박 여사는 피 여사의 기저귀를 자주 갈아줬다. 피 여사는 낮 동안엔 소변을 보고도 눈치도 모르는지 가만히 있다가 밤엔 아주 조금 오줌을 누고는 딸을 불렀다. 밤과 새벽에 기저귀를 갈아달라고 요청할 때마다 박 여사는 피 여사를 타박했다. 박 여사는 피 여사가 30분마다 불러 잠을 못 자게 한다고 몸서리를 쳤다.

박 여사의 신경질이 처음엔 너무하다고 생각했지만 나 역시 피 여사에게 넌더리를 내게 되었다. 하루이틀은 30분마다 깨어나도 어떻게든 참았는데, 날마다 이어지니 미칠 지경이었다. 고문 가운데 잠을 재우지 않는 것이 가장 악질이라는 글귀가 떠올랐다. 우울과 피곤과 불행을 식량으로 삼아 번식하는 내 안의 작은 악마가 기지개를 켰다. 박 여사 안에서도 작은 악마가 꿈틀거리는 것 같았다.

오랜 병에 효자 없다는 속담도 떠올랐다. 간디와 마틴 루터 킹 목사도 간호하는 일을 맡았다면 늘 자비로울 수 없을 터였다. 그들 마음속에서도 짜증과 이기심과 역겨움이 순간 생겨날 건 분명했다. 성숙한 경지에 이르렀을 테니 부정적인 느낌에 쉽사리 휩쓸리지 않더라도 환자를 돌보는 사람이 24시간 365일 온화할 수 없으리라는 데 나의 모든 재산을 걸 수 있었다. 물론 재산이 얼마 없었다.

날마다 외출하던 박 여사는 모든 약속을 취소해야 했다. 사람들과 어울리는 데서 활력을 얻던 박 여사는 피 여사를 돌보면서 하루 종일 집에 있으려니 우울해했다. 박 여사는 피 여사를 위해 기도하는 사람이 많다면서, 다시 걸어야 한다고 강조했다. 그러나 피 여사는 걷기는커녕 누워 있는 것도 힘들어했다.

피 여사는 누워 있는 시간이 많아 장운동이 활발하지 않은데다 먹는 양이 적어서 배변 주기가 일정하지 않았다. 며칠 동안 소식이 없다가 연달아서 기저귀를 묵직하게 만들었다. 이틀에 걸쳐 찔끔찔끔 열한 번 대변을 본 적도 있었다. 내가 저녁 식사를 준비하는 동안 피 여사가 대변을 왕창 눈 적도 있었는데, 기저귀를 갈 때 퍼져 나가는 냄새는 밥맛을 뚝 떨어지게 했다. 급하게 창문을 열었다.

평소에 식사할 때도 멀리 떨어져 있는 화장실 문을 꼭 닫을 정도로 냄새에 민감한 박 여사는 피 여사의 기저귀를 갈 때마다 곤혹스러워했다. 박 여사는 능숙하게 기저귀를 갈았지만

기저귀 갈 때의 불쾌감이 사라지진 않았다. 박 여사는 피 여사
가 스스로 화장실만 가도 소원이 없겠다고 했다. 기저귀를 담
으면 종량제봉투는 금세 꽉 찼고, 파리가 꼬였다.

도둑맞은 하루

환자가 충분한 돌봄을 받지 못할 경우 일차적으론 간호하는 사람에게 책임을 물어야 한다. 그러나 전적으로 간호하는 사람의 성품 탓을 하면서 책임 전가할 문제는 아니었다. 나는 인성 시험을 치르는 기분이 자주 들었다. 까다로운 성격의 피 여사는 몸이 아프니까 까탈을 부렸다. 나는 심호흡을 하고 '참을 인' 세 글자면 살인도 면한다는 속담을 웅얼거렸다.

나는 그나마 기저귀 가는 일을 덜 했다. 피 여사가 부끄러워했다. 손자인데 뭐가 부끄럽냐고 생각할 수도 있었지만, 나이가 든다고 성별에 둔감해지는 것은 아니었다. 피 여사는 되도록 딸에게 기저귀를 갈고 싶어 했다. 박 여사가 외출하면 배변도 참았다. 박 여사가 나갔다가 돌아오기까지 여섯 시간 넘게 소변을 안 본 적도 있었다.

나 역시 기저귀 가는 일이 거북해서 박 여사에게 맡겨두었다. 예전에 아기들이 입양 가기 전까지 맡아 기르는 복지원에서 봉사활동을 7개월 남짓 한 적이 있었는데, 그때도 봉사자 대다수가 여성이라는 사실을 핑계 삼아 기저귀 갈아주는 일보다는 같이 놀아주고 씻기다가 밥을 먹이는 일을 주로 했었다. 복지원에서도 남성이 기저귀를 갈아주는 걸 좀 꺼렸다.

박 여사는 기저귀 가는 일과 피 여사의 죽 만드는 일 그리고 약 주는 일을 전담했고, 나는 피 여사의 몸을 일으키는 일과 식사를 챙기는 일, 휠체어로 옮기는 일 그리고 집에서 할 수 있는 찜질과 저주파치료를 담당했다. 상의하지 않았는데 자연스레 역할 분담이 이뤄졌다.

역할 분담이 되었어도 언제든지 대체 투입될 수 있어야 했다. 박 여사가 헌신을 했어도 늘 집에만 있을 수 없었기에 박 여사가 외출하면 내가 기저귀를 갈았다. 기저귀 가는 일이 처음엔 어색했지만 차차 아무렇지 않아졌다.

박 여사는 너무 힘들다며 밤과 새벽에 내가 일어나 돌봐주기를 원했다. 그렇게 나에게 부탁을 해놓고도 피 여사의 비명이 들리면 박 여사는 몸을 일으켜 나왔다. 피 여사의 비명에 잠이 깰 수밖에 없었다.

피로는 누적되었다. 밤마다 제대로 잠자지 못하던 박 여사는 피 여사가 다급하게 부르짖어도 듣지 못한 채 쓰러져 잤다. 나는 평소에 방문을 꼭 닫고 자는데, 이제 피 여사의 호출을 듣고자 문을 열어놓은 채 자게 되었다. 피 여사의 부름에 일어나 거실로 나가서는 박 여사의 방을 살며시 닫았다.

"어떡하냐. 이렇게 아파서 어떡하냐"

"왜요? 또 아파요?

"다리랑 어깨가 아프다."

"가만있어봐요. 피 여사가 좋아하는 걸 발라줄게요."

나는 무릎과 허벅지와 어깨를 좀 주물러준 뒤 소염 진통 효과가 있는 로션을 피 여사의 몸에 듬뿍 발라 펴주었다. 뼈만 앙상하게 남은 삐쩍 마른 육체였다. 약품을 바르는 일이 워낙 자주 있었기 때문에 어둠 속에서 비몽사몽 해도 능숙하게 했다. 나는 피 여사에게 잠자면 덜 아플 거라고 말하고는 다시 방에 들어갔다. 딱히 어찌할 방도가 없었다. 이미 자기 전에 진통제도 먹었으나 이렇게 새벽에 또 아프다고 호소했다.

잠에서 깨어나 피 여사를 간호하다가 다시 누우면 잠이 오지 않았다. 한참 동안 잠을 못 이루고 뒤척였다. 곧 다시 피 여사의 부름에 나갈 채비를 하기도 했다. 그렇게 누워 있으면 인생이 휘발된다는 느낌을 받았다. 피곤해서 느지막이 일어났고, 낮 동안 피로에 시달리며 집중력이 떨어졌다. 도둑맞은 것처럼 하루가 사라졌다.

수렁으로 빠져들다

인간의 몸은 놀라웠다. 처음엔 잠 못 이루면 너무 힘들었는데 이내 적응했다. 잠을 설친 다음 날에도 어느 정도 생활할 수 있었다. 새벽에 일어나 피 여사의 요구를 들어주고는 곧장 잠들었다. 날마다 몇 번씩 도중에 깨다 보니, 머리를 다시 대면 일어나기 전에 꾸던 꿈을 이어서 꾸기도 했다.

그래도 지쳐가는 걸 막을 수 없었고, 피 여사의 몸도 야위어갔다. 피 여사의 종아리는 나의 팔뚝보다도 얇아졌다. 피 여사의 깡마른 뼈에 약간의 살이 붙어 있는 허벅지를 보면서 피 여사가 앞으로는 홀로 설 수 없으리라는 걸 직감했다. 휠체어로 옮길 때 뒤에서 잡고 있을 테니 다리를 땅에 딛고 서보라고 주문해도 피 여사의 다리와 팔은 파르르 떨릴 뿐 버티지 못했다. 피 여사가 운동하도록 자전거를 타듯 운동하는 기구를 샀으나 피 여사는 그것마저 돌릴 힘이 없었다. 박 여사의 바람과 달리 다시는 화장실에 혼자 가지 못했다.

피 여사의 수렁으로 박 여사와 내가 빠져들어가는 기분이었다. 도저히 이렇게 계속 버틸 수 없었다. 나는 피 여사에게 밤에 용변을 봤다고 해도 딸을 깨우지 말라고 단단히 일렀다. 기저귀를 아침에 갈 때까지 참으라고 강조했다. 이러다가 딸도 쓰러지게 생겼다면서 주의를 줬다. 피 여사는 충고를 받아들였다. 딸이 녹초가 되는 게 분명히 보였기 때문이었다. 아파서 힘들 때 주변의 상황이 잘 보이지 않더라도 식구들에 대한 미안함이 없을 수 없었다.

피 여사는 그 뒤로 밤에 딸을 덜 불렀다. 너무 축축하다 싶으면 속 기저귀를 빼서 침대 밖으로 떨어뜨리고 겉 기저귀만 차고 있었다. 때론 소변을 자주 눈 까닭에 겉 기저귀도 젖어서 몽땅 벗어놓았다.

나는 아침에 일어나 덩그러니 나동그라진 축축한 기저귀를 주워서는 종량제봉투에 버렸다. 그다음으로 피 여사를 일으켜서 휠체어에 앉혀 화장실로 옮긴 뒤, 아침 식사를 준비하면서 하루 일과를 맞이했다.

뼈만 남은 엉덩이

피 여사는 신경성 위염으로 병원에 입원했을 때 수액 주삿바늘이 잘못 꽂힌 채 오래 방치되어 핏줄이 터졌었다. 그때 후유증으로 퇴원하고 나서 오른팔을 잘 쓰지 못했다. 오른팔을 조금만 건드려도 너무 아파했다. 팔을 못 쓰니까 먹고 마시는 일 하나하나를 챙겨야 했다.

음식을 씹고 삼키기 어려워한 피 여사는 환자용 두유 가공품을 빨대로 먹으면서 식사를 해결했다. 씹으면서 먹는 음식이 아니다 보니 양치질을 꼭 시켜야 한다는 생각이 들지 않았다. 하지만 피 여사의 입에서 냄새가 심해지자 양치질을 시켜야겠다는 생각이 퍼뜩 들었다. 아무리 가까운 사이더라도 타인의 냄새에 평정심을 갖기란 어려운 일이었다. 냄새란 타인을 밀어내는 원초적인 감각이었다.

피 여사는 이 닦는 것도 귀찮아하면서 심통을 부렸다. 아이를 붙잡고 실랑이를 벌이며 양치질시키는 엄마들의 마음이 돌연 이해되었다. 나는 '참을 인'을 만다라처럼 읊으면서 피 여사를 달래고 타이르며 이를 닦게 했다. 내가 엉성하게 닦아주다가 하루는 피 여사에게 왼손으로 닦아보라고 주문했다. 피 여사는 왼손으로 양치질을 하기 시작했다.

나는 피 여사의 기저귀를 갈 때 애써서 시선을 두지 않으려고 했지만 잠깐씩 눈에 들어왔다. 찰나였지만 피 여사의 말라붙은 엉덩이와 앙상한 음부가 선명하게 보였다. 씁쓸한 연민을 불러일으켰다.

엉덩이가 얄팍해지는 만큼 피 여사는 엉망이 되었다. 피 여사는 괜히 심술을 부렸고, 자주 고통스러워했으며, 누군가에 대한 원망을 쉴 새 없이 늘어놓았고, 더 이기적이 되었다. 피 여사는 아프니까 일단 자기만 생각했고, 당장의 기분에 휘둘렸으며, 타인을 헤아리지 못했다. 피 여사를 돌보는 일은 더욱 버겁고 힘겨워졌다.

똥오줌을 가리지 못하면서 피 여사의 총기가 흐릿해졌다. 피 여사는 신문의 큰 글씨조차 읽지 않으려 했고, 내가 빌려다 주는 만화 학습책도 내팽개쳐버렸다. 오늘이 며칠이고 무슨 요일인지도 몰랐다. 과거의 기억도 뒤섞였다.

현실도피

피 여사가 아파서 누워 있는데 나의 머릿속에선 새로운 열망이 지펴졌다. 한 생명이 고통받는 걸 옆에서 지켜보는 일이 괴롭기 때문인지 생명력이 뿜어나는 글을 쓰고 싶었다. 사랑을 다루고 싶었다. 현실도피 하고 싶은 욕망도 섞여 있었다.

뭐가 되었든 쓰지 않을 수 없었다. 그것만이 숨통이 트이는 길이었다. 그냥 이대로 있다가는 질식할 것 같았다. 나는 나를 살리기 위해서라도 글을 썼다. 나는 피 여사의 근처에서 끼적이기 시작했다. 고통받고 있는 사람 옆에서 사랑의 편지를 썼다.

세상은 하얗게 식어버렸는데 저 혼자 뒤늦게 마치 사랑이라는 새빨간 불꽃을 발견한 사람처럼 늦은 밤에 호들갑을 떨고 있습니다. 그동안 못 보던 사랑이 보이기 때문입니다. 눈을 감아도 떠오르는 사랑으로 말미암아 저는 잠을 이루지 못하고, 이렇게 앉아서 그대를 향해 편지를 씁니다. 하염없는 어둠 속에서 보이지 않는 그대의 마음으로 이어지는 글자의 다리를 놓고자 합니다.

"인아, 인아. 인아. 인아."

그대가 이 편지를 읽는다는 보장도 없지만 저는 쓰지 않을 수 없습니다. 내일 아침이면 귓불까지 빨개져서 서랍 깊숙한 곳에 꽁꽁 숨기거나 갈기갈기 찢어발기고 싶을지 모릅니다. 하지만 지금의 저는 이 편지를 쓰면서 이 밤을 견딥니다. 가슴은 쿵쾅쿵쾅 진정되지 않고 세상은 정전된 것처럼 어둑어둑한데 제 마음은 온통 당신에게 사랑을 이야기하고 싶은 집념으로 뜨겁게 타오릅니다.

"인아, 인아, 인아, 인아, 빨리, 인아."

나는 글을 쓰다 말고 거실로 나갔다. 어둠 속에서 피 여사는 끙끙대고 있었다. 나는 다가가서 어디가 아프냐고 물었다.

"궁둥이가 아파죽겠어."

"아픈 궁둥이는 어떻게 할 수가 없어요. 참아봐요."

"어떻게 참아. 나 좀 어떻게 해줘."

"어떻게 해줘요? 방법이 없어요."

난감한 요구였다. 뾰족한 수가 없었다. 어떻게 해달라는 말을 들을 때마다 피 여사가 진정으로 요구하는 게 안식이 아닌지 다시 고민이 들었다.

백 세까지 살기를 바랐지만

    오랫동안 한 자세로 누워 있으면 여지없이 엉덩이가 아프다고 피 여사는 소리쳤다. 욕창이 생길 위험도 높았다. 다시 살이 쪄야 엉덩이가 배기지 않을 텐데 이미 먹는 양도 줄었다. 위염은 치료되었어도 피 여사는 아주 조금밖에 먹지 못했고, 더 먹으면 소화가 안 돼 헛구역질을 했다.

    고통을 누그러뜨릴 방법이 없었다. 아편이라도 있으면 주고 싶은 심정이었다. 피 여사가 어떻게 좀 해달라고 부탁할 때 할 수 있는 건 고작 몸을 들어 올리면서 자세를 조정하는 정도였다. 피 여사의 침대는 상체 쪽이 약간 들려 있었다. 피 여사는 허리가 고부라진 데다 목도 거북목이라서 약간 상체가 들어 올려져 있을 때 편안해했다.

    전동 침대가 상체 쪽이 들려 있다 보니 피 여사는 자꾸 밑으로 내려갔고, 기저귀를 갈 때면 밑으로 쑥 내려왔다. 그럼 피 여사를 들어 올려야 했다. 박 여사는 손목이 저려서 피 여사를 들어 올리지 못했다. 내가 피 여사를 들어 올리면 피 여사의 엉덩이가 닿는 부위가 달라져 통증이 덜해졌다. 이미 침대엔 여러 겹의 이불과 방석이 층층이 쌓여 엉덩이에 가하는 압박을 덜어주고 있었지만 그래도 한두 시간 누워 있으면 배기면서 고통이 생겨났다.

너무 아프다고 피 여사가 몸부림치면 박 여사가 진통제를 줬다. 진통제를 당뇨약이나 혈압약처럼 꼬박꼬박 미리 챙겨주기 어려웠다. 피 여사는 여느 노인들이 그러하듯 날마다 약을 달고 살았다. 당뇨약과 혈압약에 비해 진통제는 우선순위가 밀렸다. 약을 하도 먹으니 그것들이 섞이면서 어떤 화학작용을 일으킬지도 우려되었다.

나는 생활환경과 식습관이 변화했기 때문에 당뇨약과 혈압약을 덜 먹여도 괜찮다고 주장했고 박 여사는 한동안 나의 말을 따르면서 약을 줄였다. 그러다 보건소에 갔다가 큰일 날 짓을 한다고 젊은 의사에게 질책을 당한 박 여사는 벌렁거리는 가슴을 진정시키며 집에 돌아와서는 나에게 분통을 터뜨렸다. 그 뒤론 약을 덜 먹여도 된다는 나의 주장을 귓등으로도 듣지 않았다.

나는 한밤중에 피 여사가 아프다고 부르면 들어 올려주면서 자세를 조정해주었다. 얼른 자라고 이마를 잠깐 짚어줬다. 눈을 감고 푹 자라고 말한 뒤 방에 들어와 글을 쓰려고 앉았다. 사랑에 대한 글이었다. 한창 몰입해서 쓰고 있었는데, 흥이 깨졌다. 떨리는 마음으로 누군가를 만났던 기억도 가물가물했다. 나는 앞서의 글을 잠깐 읽고는 다시 감정의 선을 살려서 쓰려고 했는데, 눈가가 바르르 떨렸다. 시계를 보니 1시 반이었다.

피 여사는 오랫동안 세상이라는 고해를 헤치며 살아왔다. 백 세까지 살기를 바랐지만 한편으로는 백 세까지 살면 어떡하나 걱정이 들었다. 피 여사의 안식을 위한다면서 염두에 두던 존엄사는 어쩌면 나의 안식을 위한 대책이었는지 몰랐다.

심야의 불침번

나는 심야의 불침번이었다. 피 여사가 밤과 새벽에 부르면 즉시 출동해 뭔가를 해줘야 했다. 엉덩이가 아프면 들어서 올렸고, 배고프다고 하면 환자용 음식을 줬으며, 목마르다고 하면 물을 조금 마시게 했다. 피 여사의 손발처럼 움직였다. 피 여사가 부르지 않아도 이때쯤 부를 것 같아서 미리 나가 피 여사가 필요로 하는 조치를 해주기도 했다.

피 여사는 잠꼬대로 나를 부르기도 했다. 나가보면 피 여사는 웅얼거리며 자고 있었다. 조금이라도 통증이 있으면 나의 이름을 불렀다. 고통받는 사람들이 지푸라기라도 잡는 심정으로 신에게 간청하듯 피 여사는 신음하며 나를 불렀지만, 나는 지푸라기로 만든 신 같았다. 피 여사의 발 통증조차 어찌할 수 없었다. 고통에 힘겨워하면서 피 여사가 나를 부를 때마다 고문받는 심정이었다. 피 여사가 나의 이름을 하도 불러서 나를 부르는 소리가 이명처럼 들리는 지경이었다.

밤에 번번이 깨어나는 일이 고역이라 밤엔 환자용 두유 가공품을 주지 않겠다고 피 여사에게 단단히 일렀다. 피 여사는 애처로운 표정으로 배고픈데 어떡하느냐고 물었고, 나는 잠자기 전까지는 주겠다고 답변했다. 밤과 새벽엔 푹 자고 아침에 다시 듬뿍 먹으라고 얘기했다. 그 뒤론 밤에 날 불러서 배고프다고 해도 나는 물만 줄 뿐 환자용 두유 가공품을 주지 않았다. 피 여사는 동정심을 자아내려고 몇 번 울었지만 나는 계속 물만 줬다. 그 뒤로 새벽에 배고프다고 날 부르지 않았다. 박 여사를 불렀다. 나는 박 여사에게 늦은 밤과 꼭두새벽엔 두유 가공품을 주지 말라고 얘기했는데도 박 여사는 피 여사를 딱해하며 두유 가공품을 줬다.

"인아, 인아, 인아, 인아, 인아아?"

피 여사의 외침에 나는 깨어났다. 몇 시쯤 되었을까. 아주 오래 잔 것 같지는 않았다. 살짝 눈을 떠보니 사방은 칠흑처럼 캄캄했고, 새벽녘의 아스라한 빛깔이 아직 보이지 않았다. 바로 몸을 까닥하기 어려웠다. 그냥 더 누워 있었다.

"인아, 인아, 인아, 인아아아아, 인아아아아아?"

피 여사의 부르짖음은 계속되었다. 흐느끼듯 불러대는 요청을 계속 외면하고 누워 있을 수 없었다. 지푸라기로 만든 신이라도 맨발보다는 나을 것 같았다.

"왜요?"

"목말라."

"참아요."

"목이 타들어가는데, 어떻게 참아?"

나는 물통을 피 여사의 입 쪽으로 가져갔다. 피 여사는 빨대를 입에 물고 한 모금 빨았다. 피 여사는 물을 입에 담고는 오물오물해서 삼켰다.

"더 필요한 거 있어요?"

"없어. 됐다."

"이따 또 부르지 마요."

"알았어."

말은 저렇게 하지만 또 부를 게 뻔했다. 나는 좀 자라고 피 여사의 이마를 다시 두드려준 뒤 방으로 돌아왔다. 시계를 보니 2시 반이었다.

악마의 히죽임

처음엔 피 여사가 부르면 단박에 일어났다. 고통의 외침에 재깍 응답했다. 그러나 계속 불러대는 피 여사의 요청에 매번 신속히 반응할 수 없었다. 점점 반응이 느려졌고, 피 여사가 한참을 울부짖은 뒤에야 피 여사의 비명이 들렸다. 어느새 나는 피 여사가 한참 불러도 잠이 깨지 않았고, 소리가 들려도 그냥 누워서 잠을 청하기도 했다.

"인아아, 인아아아, 인아아아아."

"인아, 빨리 와, 아파죽겠어."

피 여사의 절규가 또 시작되었다. 끝나지 않는 고문 같았다. 피 여사가 가장 괴롭겠지만, 옆 사람들도 고통의 미궁에 갇혔다. 딱히 해줄 수 있는 일도 없었다. 나는 어렵사리 몸을 일으켜 피 여사를 들어서 엉덩이 위치를 옮겨주고는 이불을 정돈해준 뒤 방으로 들어왔다가, 피 여사가 부르는 소리에 다시 이불을 걷어차고 나가 피 여사의 침대 높이를 조정해주었다.

피 여사의 부름에 잠을 푹 자기는 글렀다. 고통을 받다 보면 작은 악마가 살금살금 고개를 내밀었다. 피 여사가 계속 불러서 연달아 네 번쯤 일어난 어느 새벽이었다. 나는 지긋지긋해하면서 피 여사 머리를 한 대 쥐어박았다.

"제발 좀 자요. 밤마다 왜 이러는 거예요?"

"우씨, 머리를 쳤어?"

"때렸어요. 좀 자라고요."

나는 머리를 한 대 쥐어박고서도 마치 아무렇지 않은 척 피 여사가 누운 몸의 위치를 조정하고 이불을 편편하게 펴주었다. 그러고는 한 대 쥐어박은 머리 부위를 손으로 몇 번 문질렀다.

피 여사의 머리를 때리면서도 어처구니가 없었다. 머리를 때린다고 상황이 달라지는 것도 아니었는데 고통받고 있는 환자에게 굳이 폭력을 가했다. 환자나 어린아이에게 가학하는 건 방송에나 나오는 이상한 사람들의 행동이라고 간주했었다. 그런데 내가 피 여사에게 분풀이를 했다. 나도 모르게 저질러버렸다.

방에 들어와 잠을 청하려고 하는데 내 안의 악마가 히죽 웃었다. 피 여사가 머리를 타격한 행동은 약간의 시차를 두고 내 마음을 강타했다. 나쁜 피는 여전히 내 안에서 유유히 흐르고 있었다.

아침부터 저녁까지 집요하게

피 여사의 셋째 아들이 수면제를 구해서 가져왔다. 피 여사와 벌이는 밤의 악다구니를 줄이기 위한 대책이었다. 수면제는 하얀색과 파란색이 있었는데, 하얀색은 시중 약국에서 쉽게 구할 수 있는 것이고 파란색은 약효가 세서 정신병원에서 사용하는 것이라고 했다. 수면제를 먹고 푹 자면 통증을 덜 느끼리라는 계산이었다.

자기 전에 피 여사에게 하얀색 약을 반으로 잘라서 줬다. 별 효과가 없었다. 10시 반쯤 수면제를 먹여도 자정이면 깨어났다. 파란색은 세다고 하니까 4분의 1로 잘라서 줬다. 섭취량이 적어서 그런지 약효가 없었다. 피 여사는 수면제를 먹어도 밤과 새벽이면 박 여사와 나를 불렀다. 나는 다음 날이면 눈이 때꾼때꾼 꺼졌고, 박 여사는 퀭한 눈으로 느지막이 일어났다.

약보다는 생활 습관을 바꿔야 했다. 낮잠을 막아야 했다. 피 여사는 침대에 누워서 텔레비전을 보다가 스르륵 잠들어버리기 일쑤였다. 낮잠을 잔 피 여사는 밤이면 박 여사와 나를 이악스레 호출했다. 밤에 덜 깨어나고자 나는 낮 동안 피 여사를 철통 감시하면서 잠깐이라도 졸면 그악스레 깨웠다.

피 여사가 잠들지 않도록 수시로 피 여사에게 말을 걸었다. 텔레비전에서 재미있는 연속극이나 운동경기나 동물 다큐멘터리를 방송하는 시간이면 피 여사를 휠체어로 옮겨서 텔레비전 앞에 앉혀 보게 했다. 피 여사는 휠체어에 앉아도 30분이 넘으면 엉덩이가 아프다면서 침대에 눕혀달라고 요구했지만, 재미난 방송이 있을 때면 아픔을 잊고 봤다.

한시도 방심해서는 안 되었다. 피 여사는 휠체어에 앉아서도 졸았다. 나는 피 여사가 낮잠을 자지 않도록 거실을 들락날락했고, 피 여사는 나를 귀찮아했다. 나는 당나귀에 달라붙는 성가신 등에처럼 말을 걸었고, 괜히 침대를 올렸다 내렸다 하면서 몸에 자극을 줬다. 피 여사를 잠들지 않게 하려면 아침부터 저녁까지 집요해야 했다.

낮에 덜 자면 확실히 밤에 부르는 횟수가 줄었다. 그러나 아침부터 저녁까지 피 여사를 감시해야 했다. 피 여사는 조금 잠들다가 깰 때마다 신경질을 내면서 자신은 잠자지 않았고 그저 눈만 감고 있었다고 역정을 냈다. 그러다가도 이내 다시 잠들었고 나는 부리나케 깨워야 했다. 소모전이었다.

내가 언제 자는 거 봤냐

나는 피 여사가 낮에 졸지 않게 커피를 이용했다. 처음엔 커피를 그냥 주었는데 쓰다고 입에 대려고 하지 않았다. 하는 수 없이 피 여사가 즐겨 마시는 두유 가공품에 구멍을 내서 그 안에 커피를 넣었다. 낮잠 자는 피 여사를 깨워 커피 두유를 먹였다.

피 여사는 커피를 섞은 두유를 마실 때마다 쓴쓸하다면서 "맛이 요상스럽다" 하고 고개를 갸웃했다. 평소에 먹던 두유와 맛이 다르니 그런 반응이 나올 만했다. 명탐정 피 여사는 이내 두유를 살피더니 한쪽이 뜯어져 있는 걸 확인하고는 무언가 이물질이 들어갔음을 알아차렸다.

피 여사는 두유를 마시다가 쓴맛이 나면 "지발 좀 커피 좀 넣지 마"라고 소리를 지르면서 바로 입에서 떼었다. 나는 피 여사의 호통을 들을 때마다 움찔했지만 커피 타는 일을 멈추지 않았다. 커피의 효능을 무시할 수 없었다. 나는 하루나 이틀씩 건너뛰었다. 며칠은 커피를 제공하지 않아 피 여사의 경계심을 누그러뜨린 뒤 다시 커피를 첨가했다.

커피를 탄 두유도 효과가 없을 때가 있었다. 커피를 마신 지 10분도 안 되어서 숙면에 빠진 피 여사를 바라볼 때면 난감했다. 흔들어 깨울 때마다 피 여사는 황당하게도 "내가 언제 자는 거 봤냐"라며 당당하게 나왔다. 낮에 잠들지 못하게 막았어도 피 여사는 틈틈이 졸았고, 밤에 깊게 잠들지 못했다. 잠자라고 텔레비전을 끄려고 하면 잠이 안 온다고 칭얼대었다.

"끄지 마."

"그냥 눈 감고 푹 자요."

"잠이 안 오는데 어떡하냐?"

"낮에 잠을 자서 잠이 안 오는 거잖아요."

"내가 언제 낮잠을 잤다고 그러냐?"

한사코 낮잠 잔 걸 부인하던 피 여사는 밤에 깊게 자지 못한 채 몇 시간마다 깼다. 낮에는 찾는 이가 없어서 외로워 졸았고, 밤에는 어둠 속에서 홀로 고통에 시달리며 잠들지 못했다.

낮잠을 자지 않아도 피 여사는 밤에 깨곤 했다. 잠을 푹 잔다고 해도 통증이 없을 수는 없었다. 잠이 부족한 피 여사는 아침과 저녁을 가리지 않고 쉽사리 잠에 빠져들었다. 낮잠을 계속 깨우는 일은 피 여사를 괴롭히는 일 같아 심란했다. 낮잠을 못 잔 피 여사는 애달피 울고는 퉁명스러워졌다.

"피 여사, 피 여사, 목마르지 않아요?"

"안 먹어."

"피 여사, 피 여사, 자지 말아요. 눈을 떠요. 물 한 잔 마셔봐요. 고개를 앞으로 떨구지 말고 뒤로 젖혀요."

"왜 이렇게 귀찮게 굴어."

"지금 낮에 자면 밤에 잠이 안 오잖아요."

"가만히 놔둬. 괴롭히지 마."

"밤에 나를 괴롭히니까 낮에 피 여사를 괴롭히는 거죠."

"제발 그냥 날 가만히 둬. 못살게 좀 굴지 마."

피 여사는 아기처럼 울었다. 피 여사는 동정심을 유발하고자 일부러 더 울었다. 거의 날마다 울었기 때문에 나는 감정 동요가 없었고, 피 여사의 눈물에 무덤덤했다.

아기가 된 할머니

피 여사를 수발드는 건 아기를 키우는 일 같았다. 아기가 먹고 자고 싸며 일상을 보내듯 피 여사도 먹고 자고 싸면서 하루를 보냈다. 피 여사는 시도 때도 없이 잠들었다가 깨어나서는 아프다고 울었고, 배고프다고 보챘다. 기저귀를 하루에도 몇 번을 갈아줘야 했다. 음식이 흘러 묻지 않도록 턱받이를 하고 식사를 했다. 하나하나 신경 써서 돌봐야 했다.

박 여사는 기저귀를 갈아주면서 피 여사에게 "늙으면 아기가 된다더니, 이제 엄마는 아기야"라고 말했다. 일흔을 향해가는 노인이 백 세를 향해가는 노인을 아기처럼 돌봤다. 피 여사가 아기가 되어갈수록 박 여사는 딸에서 엄마로 되어갔다. 나는 손자에서 아빠처럼 되어갔다. 일이 있어서 밖에 나갈 땐 겹치지 않도록 박 여사와 나는 일정을 조정했다. 피 여사를 홀로 두고 둘 다 나갈 수 없었다.

박 여사와 나는 각방을 쓰는 별거 부부처럼 되었다. 피 여사는 기저귀 갈 땐 박 여사를 불렀고, 다른 일이면 나를 불렀다. 기본형은 내 이름이었다. 날 부를 땐 "인아"라고 했고, 박 여사를 부를 땐 "어멈아"라고 했다. 처음엔 무조건 "인아"라고 부르다가 "인이 어멈아"가 뒤늦게 생겨났다. 박 여사와 나는 피 여사의 호출 신호를 듣고는 나왔다. 때로는 나를 부르려다가 기저귀 가는 일이라서 딸이 필요하다는 걸 뒤늦게 알아채고는 "인아아어멈아"라고 해서 같이 나오기도 했다.

자신의 동년배들이 손녀 손자의 재롱을 보면서 즐거워하는 동안 박 여사는 손녀 손자는커녕 늙은 엄마를 아기처럼 돌봐야 하는 신세였다. 박 여사는 여러 모임에서 손녀 손자 자랑을 한창 듣고 오면 그 얘기를 굳이 나에게 고스란히 전했다. 피박 여사에게 나는 대나무 숲과 비슷했다. 박 여사의 속내는 어서 너도 결혼해 아이를 낳으라는 뜻이었다. 아기를 낳으면 자신이 키워주겠다고 대놓고 요청한 적도 있었다. 나는 박 여사에게 기대를 접으라고 수십 번 신신당부했으나, 핏줄이 계속 이어지길 원하는 본능을 꺾을 수는 없었다.

비록 새로 태어난 아기는 아니지만, 피 여사는 아기와 비슷했다. 아기들이 부모에게 떼쓸 때 울음을 이용하듯 피 여사도 꼭 울어야 하는 상황이 아닌데도 울음을 터뜨렸다. 아이들이 울다가 이내 그치고 단박에 활짝 웃듯 피 여사도 울다가 대뜸 그쳤다.

피 여사는 아기와 닮은 점이 더 있었다. 아기는 자신을 돌보는 사람에게 관심이 많고, 유심히 눈여겨보면서 눈치가 발달

한다. 피 여사도 박 여사와 나의 동선에 민감했다. 비록 자신의 고통에 시달리느라 상대의 처지를 헤아리는 감각은 무척 떨어졌으나 박 여사와 내가 집에 있는지, 나가면 어딜 가고 언제 돌아오는지 물으면서 나가지 않기를 원했다. 또한 아기는 자신을 돌보는 사람과 애착 관계를 맺어야 하고 애착 관계가 없으면 생존하기 어려운데, 피 여사도 마찬가지였다.

아기와 다른 점도 뚜렷했다. 아기는 울다가도 환하게 웃지만, 피 여사는 울다가 그냥 떨떠름한 표정이 되었다. 박 여사가 감사 기도를 드리라고 권하고 나는 긍정의 마음을 가져보자고 유도해도 쇠귀에 경 읽기였다. 아기는 어리광을 부리지만 피 여사는 찌푸린 인상을 하고 있었다.

나는 피 여사를 돌보면서 가상 사회관계망을 들여다봤다. 여러 사람들이 자식을 키우면서 사진과 영상을 올렸다. 나는 그들을 구경했다. 그들과 나는 핏줄을 보듬고 보살핀다는 점에서 비슷했다. 다만 그들이 돌보는 아기들은 슬슬 기어 다니다가 아장아장 걷기 시작하면서 기쁨을 주었다면, 내가 돌보는 늙은 아기는 걷기는커녕 기어 다닐 수도 없어서 슬픔을 안겨주었다. 아기들은 하루가 다르게 놀라울 만큼 빨리 성장했다면, 피 여사는 하루하루 느리게 쇠잔해졌다. 육아가 성장하는 아이의 푸르른 미래를 창조하는 일이라면, 노인 돌봄은 암울한 미래의 죽음을 늦추는 일이었다.

고통을 마주하는 힘

나는 아기를 낳아 키워보지는 못했으나, 피 여사라는 늙은
아기를 돌보면서 돌봄 노동의 버거움을 체험했다. 왜 여자들
이 육아하면서 우울증에 시달리는지 통감했다. 눈에 넣어도
아프지 않을 만큼 자식이 예쁘더라도 종일 육아하는 건 종살
이나 마찬가지다. 타인을 돌보는 건 자신의 생명을 나누는 버
거운 노동이다. 나는 피 여사를 돌보면서 부쩍 늙었다. 거울엔
삶에 지친 아저씨가 비쳤다.

나는 피 여사에게 생명력을 빼앗기는 기분이었다. 박 여사
와 나의 생명력을 잡수시면서 계속 생명을 이어가는 것 같았
다. 위 세대가 아래 세대를 낳고 기르면서 생명을 주지만 아래
세대에게 섬김을 받으면서 생명력을 되돌려받는 셈이었다. 생
명은 이렇게 돌고 도는 것이라는 깨달음이 멍한 머릿속으로
휙 지나갔다.

물론 피 여사를 챙기는 일이 그저 괴롭기만 하지는 않았다.
묘한 보람을 느꼈다. 피 여사의 요구를 들어줘서 고통이 줄어
들면 흐뭇했다. 누군가를 돕는 일은 즐거움을 빚어냈다.

피 여사는 가까운 핏줄이어도 엄연히 타인이었다. 타인을 도우면서 나는 나의 힘을 실감했다. 좋은 책을 읽거나 돈을 벌 때도 즐겁지만 타인을 돕는 건 또 다른 성질의 기쁨이었다. 피 여사를 돌보면서 옛날에 박 여사가 나를 바라보며 짓던 표정을 어렴풋하게나마 이해할 수 있었다. 피 여사도 돌봄을 받으면 찡그리던 얼굴이 펴지곤 했다.

"으라차차. 피 여사. 위로 올라가니까 엉덩이가 안 아프고 괜찮아졌죠?"

"그래. 인아, 고맙다."

피 여사가 새벽녘에 건넨 고맙다는 말은 혜성처럼 나의 마음에 들어왔다. 까맣기만 했던 나의 우주가 한순간 환해졌다. 피 여사의 말은 혜성처럼 나타났다가 사라졌으나 혜성의 꼬리같이 긴 여운을 남겼다.

피 여사를 챙기는 건 마음 수련을 단기간에 집중해서 하는 일이었다. 언제인가부터는 거리를 두고 괴로움을 바라볼 수 있게 되었다. 인생의 고통이 어디에서 오고 어떻게 해야 그치게 할 수 있을지는 알 수 없었으나 고통을 회피하기보다는 마주하는 힘이 생겼다.

고통을 마주한다는 건 결국 나를 들여다보는 일이었다. 피 여사를 돌보면서 나는 내가 어떤 상태이고 어떤 존재인지 직면했다. 피 여사의 울음소리에 묻혀 있던 내 안의 아기가 다시 울었다. 아기 같은 피 여사를 돌보면서 내 안의 아기를 끌어안 았다.

스스로 매듭짓는 일

나는 피 여사를 돌보면서 나의 노후를 상상하곤 했다. 나의 노년은 피 여사보다 그리 밝지 못할 가능성이 높았다. 아직도 어린 시절의 일들이 생생하게 기억나는데 벌써 마흔을 향해 가고 있듯 앞으로 남은 인생도 눈 깜짝할 사이에 지나갈 테고, 피 여사의 기저귀에서 나는 냄새가 그리 멀지 않은 날에 나에게서 날 것이었다.

그런데 피 여사에겐 박 여사와 내가 있지만, 나는 혼자 노후를 헤쳐나가야 할 터였다. 그저 사회와 정부를 믿고 노후를 내맡기는 건 그리 현명한 처사가 아니었다. 왜 사람들이 결혼하고 자식을 두려 하는지 이제야 좀 가늠되었다. 낮에 텔레비전을 틀면 왜 보험 광고로 도배되는지 알 수 있었다. 사람들은 사랑하는 사람과 함께 행복하고자 결혼해서 자식을 낳겠지만 그 이면엔 고독한 노후에 대한 두려움이 있었다. 보험은 사람들의 두려움을 공략했고, 막대한 자금을 그러모으며 증식했다.

나는 인생의 보험을 들기는커녕 인생은 모험이라고 생각하고 무모하게 살아왔다. 객사해도 좋다는 심정으로 청춘을 보냈다. 결혼할 생각도 없었고, 후대에 대한 생각을 조금도 하지 않았다. 인생은 언제 어떻게 될지 몰랐다. 멀쩡한 다리가 끊어지고, 번지르르한 백화점이 붕괴되며, 커다란 배가 침몰하고, 성실하게 살아간 사람들이 하루아침에 길바닥에 내동댕이쳐지는 세상이었다. 나는 착실하게 푼돈을 모으고, 큰 빚을 지면서 집을 장만하고, 결혼해서 아이를 낳아 키우며, 노후를 대비해 현재의 기쁨을 유예하며 사는 걸 어리석게 여겼다. 그러나 내가 맞이할 고독하고 빈곤한 미래가 가까워지자 타인들의 선택과 행동이 이해되었다.

내가 뒤를 돌아보지 않고 막살았던 건 패기인 줄 알았으나 무책임했기 때문이었다는 생각이 뒤늦게 들었다. 또한 결혼이 고통으로 가는 지름길이라서 내가 거부했다기보다는 나 역시 자식에게 고통을 대물림하는 부모가 될 거란 두려움에 결혼을 회피해왔다는 생각이 들었다.

여전히 노후가 두렵지는 않다. 그러나 쓸쓸한 나날을 보낼 모습이 그려지자 입맛이 쓰디썼다. 속절없이 고독과 고통 속에서 늙어갈 것인지, 조금이라도 스스로 움직일 수 있을 때 삶을 끝낼지, 결정의 갈림길에 선 미래의 내가 눈에 선했다.

그때 용기 내어 삶을 깔끔하게 끝낼 거라고 현재의 나는 다짐하더라도 이건 젊은 날의 허세에 불과할 수 있다. 미래의 늙은 내가 실제로 그런 선택을 감행할지는 장담할 수 없다. 인간에겐 타고난 기질이 있더라도 세상살이 속에서 인간의 성격과 행동 방식은 끝없이 달라진다. 나 역시 앞날에 어떤 일들이 생길지 예측할 수 없고, 자신이 어떻게 변할지 확신하는 일만큼 어리석은 일도 없다.

그래도 나는 삶을 스스로 매듭짓는 일이 인간의 존엄이라고 생각한다. 억지로 고통스레 연장하는 삶이 아니라 스스로 곡기를 끊고 홀가분하게 떠나갈 수 있는 용기를 키우고자 나는 오늘도 공부를 한다.

내가 없는 날

피 여사는 밤마다 가까워지는 죽음의 발자국 소리를 들었다. 어둠 속에서 혼자 죽음의 발자국 소리를 듣는 건 두려운 일이었지만 한편으론 자신의 삶을 정리할 기회를 주었다. 피 여사는 슬슬 신변을 정리해가면서 부쩍 군소리를 했다. 여태까지는 카랑카랑한 목소리로 성에 차지 않은 나의 행동을 지적하곤 했는데, 어느새 힘이 빠진 목소리로 차분하게 얘기했다.

"문을 꼭꼭 잠가. 알았지?"

"집이 5층인데 어떻게 창문을 넘어서 도둑이 들어와요. 걱정 좀 하지 말아요."

"뉴스에도 나오잖아. 도둑은 어떻게든 들어온다."

"걱정 좀 단단히 붙들어 매세요."

"이왕이면 조심하는 게 나아. 방심하지 말고 꼭꼭 잠가."

피 여사는 잠자기 전이면 철저하게 현관문을 이중, 삼중으로 잠갔다. 창문도 그냥 닫아놓는 게 아니라 반드시 걸쇠를 걸었는지를 점검하고 눈을 붙였다. 다리에 힘이 없을 때도 보행기를 끌고 창문을 단속했다. 이제 거동하지 못하니까 나에게 시키는 것이었다.

나는 걱정하지 말라고 몇 번이나 말했지만 평생을 불안 속에서 살아온 피 여사의 근심을 누그러뜨릴 수는 없었다. 내가 창문의 걸쇠를 잘 잠그지 않는다는 걸 알고 몸소 보행기를 끌면서 창문을 잠그던 피 여사는, 보행기도 끌 수 없게 되자 고개를 돌려 물끄러미 창문만 바라봤다. 그 눈빛이 애달팠고 애처로웠다. 나는 창문의 걸쇠를 요란하게 잠그면서 피 여사를 안심시켰다.

피 여사는 아껴야 잘산다고 강조했다. 피 여사는 노끈, 헝겊 조각, 단추, 상자 등등을 버리지 않고 모아뒀다. 시장에서 물건을 사면 담아주는 비닐봉지조차 허투루 버리려 하지 않았다. 치약을 묻혀서 칫솔을 가져다주면 치약을 왜 이렇게 많이 짜느냐면서 절약 정신을 전수했다. 나는 요즘엔 소비하지 않으면 경제가 파탄 난다고 피 여사의 의견에 어깃장을 놓으면, 피 여사는 티끌 모아 태산이라고 맞섰다.

피 여사는 집안일에 대해서도 도움말을 아끼지 않았다. 세탁기에서 빨래를 꺼낼 때부터 탁탁 턴 다음에 다시 탁탁 털어 널어야 구김도 없고 잘 마른다고 조언했다. 예전엔 잔소리 같아서 듣기 싫은 데다 귀찮아서 그냥 널었는데, 이젠 괜히 피 여사가 보는 앞에서 탁탁 털곤 했다.

피 여사의 거동이 어려워지면서 식물들이 말라갔다. 피 여사는 자신이 베란다에 나가지 못하자 식물들이 말라 죽는다고 나에게 물 좀 주라고 소리쳤다. 화분들이 안방 가까이에 있어서 나는 박 여사가 식물을 관리하도록 내버려뒀다. 물을 주는 사람이 여럿이면 화분에 너무 많은 양의 수분이 유입되어 뿌리가 썩기 때문에 나는 식물에 신경을 안 쓰려 했다. 그런데 박 여사는 물을 잘 주지 않았다.

피 여사가 물 주라는 말을 하지 않던 어느 날이었다. 빨래를 널다가 옆을 보니 많은 식물의 잎사귀가 누렇게 떴고, 어떤 식물은 아예 말라비틀어져 있었다. 피 여사의 마음이 저럴 것만 같았다. 그때부터 나는 월요일이면 내 방의 식물과 베란다의 식물에 물을 주기 시작했다.

그동안 고난을 겪어서 그런지 물을 주자 꽃을 아름답게 피워내는 식물도 있었다. 꽃이 피었다고 피 여사에게 알려주자 피 여사는 말했다.

"나 없이도 물 잘 주고 잘 챙겨라."

"무슨 말을 하는 거예요? 피 여사가 기운을 차려서 물을 줘요."

"그래도 내가 없는 날이 올 거 아니니."

"더 오래 사실 테니 걱정 마세요."

말은 이렇게 했어도 피 여사의 이런 잔소리를 머잖아 들을 수 없으리라고 생각이 드니 약간 먹먹해졌다.

지금 행복해요?

피 여사는 쇠약해졌다. 작은 접촉에도 통증을 느꼈고, 날마다 울부짖었다. 하루 가운데 깨어 있는 시간이 적었고, 잠을 자다가도 아프다고 소리치면서 잠에서 깨어났다. 박 여사는 피 여사에게 징징 좀 대지 말라고 했다. 박 여사는 다시 건강해질 수 있다는 희미한 희망의 끈을 붙들고서는 피 여사에게 강건한 태도를 요구했다. 나 역시 피 여사에게 울지 좀 말라고 시큰둥하게 대했다.

피 여사가 겪는 통증을 다 헤아릴 순 없었다. 조심한다고 해도 피 여사가 느끼는 통증을 없앨 순 없었다. 피 여사를 목욕시키는 날은 그야말로 혈투였다. 목욕하면서 내지르는 피 여사의 비명에 사람 잡는 줄 알겠다며 피 여사를 목욕시키던 박 여사는 웃음이 섞인 슬픈 목소리로 말했다.

비명을 내뱉는 만큼 피 여사의 무게는 가벼워졌다. 한 인간이 고통받으며 스러져가고 있었다. 생명의 불꽃이 사그라지고 있었다. 나 역시 하루하루 죽음으로 가고 있었어도 죽음의 진전 속도를 거의 느끼지 못했지만 피 여사는 너무나 티가 났다.

어제와 오늘이 너무 달랐고, 다음 날이면 한층 더해졌다. 죽음이 다가오는 속도가 빨라졌다. 그 무엇으로도 성큼성큼 다가오는 죽음을 막을 수 없었다.

피 여사가 마지막까지 또렷한 정신으로 홀가분하게 떠났으면 싶었다. 나는 피 여사에게 진통 효과가 있는 옛날이야기를 묻고 또 물었다. 피 여사는 자신이 겪은 바를 이야기할 때만큼은 소녀로 돌아갔다. 신명 나게 수다 떨 때 피 여사는 아프다고 호소하지 않았다.

옛이야기를 듣다 보면 선후 관계나 인물에 대한 정보가 정확하지 않은 경우가 있었다. 나는 피 여사에게 미주알고주알 물었다. 꼬치꼬치 캐묻는 내가 갑갑했던지 피 여사가 버럭 했다.

"야, 이 병신아."

"엥, 병신이라고 한 거예요?"

"그래, 물은 거 자꾸 물으니까 병신이지 뭐냐."

"자꾸 물으면 병신이에요?"

"자꾸 물으면 병신이지."

뜻하지 않은 욕설과 예상치 못한 상황 전개에 웃음이 터져 나왔다. 병신이라는 단어가 익살맞게 들렸고, 그동안 축 처져 있던 피 여사가 병신이라는 단어를 통해 모처럼 기운을 낸 것만 같아 반갑기도 했다. 피 여사도 자신이 막말을 해놓고는 내가 웃자 덩달아 웃었다.

피 여사가 하는 이야기는 마치 녹음된 내용을 재생하듯 거의 판에 박은 듯한 단어로 반복되었다. 나는 과거 이야기만 계속 듣는 것이 좀 따분할 때면 새로운 질문을 던지려고 했다. 이를테면 일본과 북한 가운데 어디가 더 싫은지, 악어와 하마가 싸우면 누가 이길 것 같은지 따위를 물었다. 그리고 그 사이사이 죽을 때 어떻게 죽고 싶은지, 살면서 가장 아쉽거나 후회되는 게 있다면 뭔지 스리슬쩍 물었다. 피 여사는 머뭇거리다가 어렵사리 말을 꺼냈다.

"살면서 뭐가 가장 후회돼요?"

"…… 결혼한 게 가장 후회되지."

"왜요? 원치 않는 결혼을 해서요?"

"…… 옛날얘기 더 해서 뭐에 쓰냐. 그만 물어."

이미 쇠약해진 피 여사가 되새기고 싶지 않은 후회를 파헤치는 것 같아서 나는 더 묻지 못했다. 살면서 가장 행복했거나 기뻤던 순간을 물어야겠다는 생각이 들었다. 며칠 뒤에 피 여사에게 물었다.

"피 여사, 지금 행복해요?"

"몸뚱이가 이래서 어디 나돌아 다니지도 못하는데 어떻게 행복하냐?"

"음, 그럼 살면서 가장 행복했던 때는 언제였어요?"

"없어. 행복도 모르고 기쁨도 모르고 살았어."

"그래도 잠깐이라도 행복한 때가 없었단 말이에요?"

"없어."

"북한에 있는 여동생 만났을 때 기쁘지 않았어요? 울었잖아요?"

"울기야 울었지. 뭐 그때는 나 혼자 간 것도 아니고 다 같이 만난 거지."

"쌀장사로 돈을 많이 벌었을 때는 행복하지 않았어요?"

"돈 한 푼 써보지 못했는데 뭐가 행복하냐. 더 묻지 마라."

피 여사는 한평생 행복했던 순간이 없다고 딱 잘라 말했다. 피 여사에게 막연하게나마 뭔가를 기대하고 물었던 나는 약간 민망한 표정으로 피 여사를 바라봤다.

내가 죽길 고사 지내는 거냐

피 여사는 죽음이란 주제가 나오면, 자신의 할머니 이야기를 꺼냈다. 피 여사의 할머니는 앞이 보이지 않아도 아침에 일어나면 며느리가 떠다 놓은 바가지에 든 물로 세수한 뒤 그 물에다 걸레를 적셔서 마루를 쓸고 닦았다.

피 여사의 할머니가 돌아가신 날은 여느 날과 비슷했다. 소녀 피영숙과 남동생은 피복 공장과 게다 공장으로 일찌감치 출근했다. 피 여사의 할머니가 물걸레질을 한 마루에서 며느리와 어린 손주들이 멀건 죽을 먹었다. 할머니는 죽을 먹고 난 뒤 담뱃대를 손녀에게 주면서 불을 붙여오라고 심부름시켰다. 손녀가 부엌으로 간 사이 할머니가 앞으로 고꾸라졌다. 며느리는 놀라서 시어머니를 부축해 방으로 모셨다. 그러나 이미 숨이 끊어져 있었다. 그렇게 피 여사의 할머니는 생을 달리했다.

피 여사의 할머니는 노년을 담배와 같이 견디다 담배 연기처럼 하늘나라로 떠났다. 한평생 우악스러웠던 피 여사는 자신의 할머니처럼 우아하게 세상과 작별하고 싶어 했다. 피 여사의 어머니는 사나흘 앓다가 돌아가셨다.

나는 피 여사가 좀 더 마음의 준비를 할 수 있도록 죽음을 주
제로 이런저런 이야기를 시도했다. 이건 피 여사가 자신의 죽
음을 받아들이는 과정이자 내가 피 여사가 떠나는 걸 받아들
이는 과정이었다.

"피 여사가 죽으면 화장해줄까요? 매장해줄까요?"

"죽은 다음에 화장을 하든 매장을 하든 뭐가 중요하냐."

"그래도 선호하는 게 있을 수 있잖아요."

"묻을 땅도 없잖아. 화장해."

"어디 뿌려지고 싶은 데 없어요? 고향에 뿌려줘요? 어디 애
틋한 장소 없어요?"

"죽은 다음에 뭔 소용이 있어. 그냥 아무 데나 뿌려라."

피 여사는 죽음 앞에서 당당하려고 애썼다. 하지만 피 여사
도 평범한 사람이었다. 통증이 격렬할 때면 피 여사는 어머니
에게 빨리 데려가달라고 애원하다가도 막상 자신에게 엄습할
죽음을 두려워했다.

피 여사의 다리에 찜질 장치를 얹고는 방에 들어와 작업을
하다가 치워달라는 피 여사의 요구를 곧장 들어주지를 않았더
니 "내가 죽길 고사 지내는 거냐" 하면서 고래고래 소리 지르
며 울어댔다. 피 여사가 알약을 삼키지 못해 혈압약과 당뇨약
을 박 여사가 빻아 물에 타서 주는데 한번은 사약이라는 생각
이 들었는지 갑자기 안 먹겠다고 난리 친 적도 있었다. 고통스

러울 땐 얼른 죽고 싶어 했지만 진짜로 자신에게 들이닥칠 죽음을 두려워했다.

코로나 19로 전 세계가 공황일 때, 피 여사는 자신도 감염될까 걱정했다. 교회가 집단 전파의 온상지처럼 되었고, 박 여사가 교회 모임에서 코로나 19에 걸린 뒤 집에 돌아와 자신에게 옮길까 봐 불안해했다. 피 여사는 역병 돌 때는 돌아다니지 않아야 한다고 침대에 누워 엄포를 놓았다.

코알라와 두바이

피 여사는 전염병을 두려워하면서도 전염병의 이름을 좀처럼 외우지 못했다. 내가 백 번도 넘게 알려주고, 신문에 실린 병의 이름을 눈앞에 보여주고 또 보여줘도 피 여사는 엉뚱하게 답했다.

"지금 전 세계에 퍼지고 있는 병 이름이 뭐라고 했죠?"

"보르네오."

뜬금없이 피 여사는 보르네오라고 답했다. 과거에 각인된 보르네오가 코로나와 발음이 비슷해서 헷갈린 것 같았다. 내가 다시 물으면 피 여사는 스리슬쩍 눈치를 보다가 이렇게 말했다.

"전염병 이름이 뭐라고요? 맞춰봐요. 코로 시작해요."

"코, 코, 코브라."

피 여사의 답에 웃지 않고는 못 배겼다. 코로나 19로 우울할 때, 나는 피 여사의 엉뚱한 대답을 들으면서 웃었다. 피 여사가 의도치 않게 선사한 웃음이었다. 나는 하루에도 수십 번씩 피 여사에게 전 세계에 돌고 있는 병이 무어냐고 물었다.

피 여사는 날마다 폭증하는 환자 수에 기겁하면서도 미국 대통령 트럼프가 코로나에 걸렸는데도 금세 멀쩡히 돌아다니는 것에 의아해했다. 국민들은 다 죽이면서 지 혼자 떵떵거리는 것 같다며 피 여사는 손사래를 쳤다. 피 여사는 예전부터 대통령이라는 작자가 막말을 한다고 트럼프를 싫어했다.

"피 여사, 미국 대통령이 걸린 병이 뭐죠? 코로 시작해요."

"코, 코, 코알라."

피 여사가 코알라라고 할 때 나는 포복절도했다. 피 여사도 내가 웃자 덩달아 웃었다.

피 여사는 아주 오랜 연습 끝에 코로나를 암기했다. 때때로 엉뚱한 답을 하고, 기억하지 못할 때도 있었지만 이제 대부분 코로나를 맞췄다. 나는 코로나를 맞추면 코로나를 코알라라고 대답했던 피 여사에게 농을 던지듯 코알라를 묻곤 했다.

"피 여사, 요즘 전 세계에 돌고 있는 병 이름이 뭐라고요?"

"코로나."

"그럼 코알라는 뭐예요?"

"코알라가 뭐긴 뭐냐. 짐승이지."

피 여사는 심드렁하게 그런 걸 묻냐는 말투로 짐승이라고 답했다.

그렇다. 코알라는 짐승이다. 하지만 평소에 코알라를 짐승이라는 단어와 연결시켜서 생각해보지 않았던 나로서는 피 여사의 답변에 크게 웃을 수밖에 없었다. 짐승이란 표현이 재미있어서 다시 코알라가 뭐냐고 물으니 이번엔 "원숭이"라고 피여사는 답했다. 코알라가 나무에 하루 종일 매달려 있으니 원숭이라고 여긴 것이었다. 난 또 웃을 수밖에 없었다.

아침에 일어나 피 여사에게 푹 잤느냐는 질문을 시작으로 하루를 맞이했고, 코알라가 무엇인지, 피 여사가 천재인지 아닌지 여러 가지를 질문하면서 하루를 보냈다. 미국 대통령 선거가 끝나고 새로 당선된 바이든을 수십 번 알려주고 거듭 반복해서 암기시켰으나 피 여사는 좀처럼 외우지 못했다. 언뜻 비슷하지만 엉뚱한 답을 할 때마다 웃음이 터져 나왔다.

"피 여사, 새로 당선된 미국 대통령 이름이 뭐라고요?"

"두바이?"

아무리 힘든 상황이라도 그 안에

　코로나 시대를 피 여사는 꿋꿋하게 버텨내고 있다. 코로나로 전 세계가 아파하고 있는데, 피 여사는 더 건강해졌다. 기적과 같은 일이었다.

　한창 아파서 밤마다 울부짖을 때보다는 좋아졌다. 번갈아가면서 못 쓰던 오른팔과 왼팔 모두 지금은 잘 쓰고 있고, 식사량도 꾸준하다. 엉덩이에도 살이 좀 붙어서 휠체어에 앉아 있는 동안의 통증도 줄어들었다. 인지능력도 그리 나빠지지 않았다. 피 여사에게 구구단을 물어보면 가끔 헷갈렸지만 그래도 대부분 잘 맞췄다. 틀릴 때마다 내가 장난치듯이 치매 아니냐고 하면 피 여사는 아니라면서 정답을 찾으려고 궁리했다. 밤에 깨는 일도 줄어들었다. 피 여사가 밤에 푹 자자 박 여사와 나의 밤도 편안해졌다. 나는 오늘도 피 여사가 낮에 잠들지 않도록 격투기를 보여주고, 커피도 가끔 이용한다.

　피 여사는 휠체어의 바퀴를 굴리면서 몸소 돌아다닌다. 한번은 내가 사탕을 식탁에 꺼내 놓았는데, 감쪽같이 다 없어졌다. 피 여사에게 사탕을 봤느냐고 물어보자 자신은 모르는 일

이라고 얼굴 표정에 아무런 변화 없이 대답했다. 그러다 시간
이 좀 지나고 부스럭거리는 소리가 들려 나가보니 피 여사가
사탕을 까먹고 있었다. 피 여사에게 이 사탕들이 어디서 난 거
냐고 묻자 피 여사는 세상 떠나갈 듯 웃었다. 피 여사는 휠체
어를 몰고 식탁으로 와서 사탕을 가져가놓고는 딱 잡아떼었던
것이다. 피 여사의 연기는 여우주연상 후보에 올라도 손색이
없었다.

피 여사는 휠체어를 몰고 화장실 쪽으로 와서는 나를 부른
다. 나는 휠체어에서 변기로 피 여사를 옮긴다. 이렇게 잘 움직
이니 휠체어 농구 대회에 나가도 될 것 같다고 농담을 했다. 피
여사는 웃음을 터뜨렸다. 비록 피 여사가 휠체어를 타고 농구
하지는 못하겠지만 그만큼 건강해졌고, 화장실에 가는 일도
수월해졌다.

피 여사가 병원에 가지 않은 지도 꽤 되었다. 병원을 들락날
락하고 119 구급차에 실려 갈 때보다는 많은 게 나아졌다. 감
사한 일이다. 창밖에 눈이 쌓였던 가지에서 움이 트고 녹음이
우거졌다가 울긋불긋 단풍이 지고 다시 눈이 쌓였다. 피 여사
는 휠체어에 앉아 햇볕을 쬐면서 풍경의 변화를 바라봤다. 이
모든 것이 소중했고 아름다웠다.

피 여사는 텔레비전에서 앵무새가 나오면 그 색깔이 예쁘다
고 감탄했다. 피 여사는 동물 가운데 앵무새를 가장 좋아했다.

수많은 앵무새들의 찬란한 색깔에 피 여사는 눈을 떼지 못했고, 나는 피 여사가 즐거워하는 걸 기쁜 마음으로 바라보았다. 또 피 여사가 음악가 같은 예술가를 멋있게 생각한다는 것도 최근에 처음 알았다.

병치레하던 아기를 퇴원시킨 부모의 심정이 이럴까. 자식이 아픈 부모는 자식에게 큰 기대를 갖지 않는다. 그저 조금이라도 건강해지기를 간절히 염원할 뿐이다. 아기가 금방이라도 숨을 꼴깍 삼킬 것만 같아 늘 안절부절못하고 가슴 졸이던 부모는 아이가 건강해져서 방긋 웃을 때 천국을 체험한다. 나도 피 여사가 푹 자고 한 그릇씩 죽을 뚝딱 먹을 때마다 충만한 환희를 맛본다.

건강해졌다고 해도 여전히 보행기를 짚고 일어설 힘은 없다. 침대에 누웠다가 휠체어로 옮겨와 텔레비전을 보다가 화장실에 갔다가 침대에 다시 오르면서 하루를 보내고 있다. 내가 멀리 외출이라도 하면 피 여사는 하루 종일 침대에 누워 있어야 한다. 일이 있어서 나가더라도 피 여사를 생각해서 되도록 일찍 귀가해야 한다. 피 여사 일상의 질은 나에게 달려 있다.

이것이 커다란 부담이자 활동 반경의 제약이 된다. 하지만 삶이란 자신의 짐을 지고 나아가는 것이다. 힘들다고 자신에게 주어진 짐을 내던져버리면 당장은 편한 것 같지만 뒤돌아보면 자기 삶은 아무것도 아닌 게 된다. 삶의 의미는 바로 자신의 어깨에 짊어진 짐에서 생겨난다.

피 여사가 밥 잘 먹고 침대에 누웠을 때 행복하냐고 물은 적
이 있다. 뜻밖에 피 여사는 행복하다고 말했다. 박 여사와 내가
옆에서 챙기는 게 고마워서 한 말이겠으나, 피 여사가 한 말이
라고는 믿기지 않을 만큼 놀라운 답변이었다.

그렇다. 아무리 힘든 상황이라도 그 안에 행복이 있다.

나의 까칠한 백수 할머니

ⓒ 이인 2021

1판 1쇄 인쇄 2021년 7월 15일
1판 1쇄 발행 2021년 7월 22일

지은이 이인
펴낸이 이상훈
편집인 김수영
본부장 정진항
인문사회팀 권순범 김경훈
마케팅 김한성 조재성 박신영 조은별
경영지원 정혜진 이송이

펴낸곳 (주)한겨레엔 www.hanibook.co.kr
등록 2006년 1월 4일 제313-2006-00003호
주소 서울시 마포구 창천로 70(신수동) 화수목빌딩 5층
전화 02-6383-1602~3
팩스 02-6383-1610
대표메일 book@hanien.co.kr

ISBN 979-11-6040-624-5 03810